Klarant Verlag

Susanne Ptak wurde 1964 in Düsseldorf geboren. 2003 zog sie mit ihrem Ehemann ins schöne Ostfriesland, wo sie vier Jahre lang eine kleine Schafskäserei betrieben haben. Die Autorin liebt Krimis, in denen sie ihre Leidenschaft für Schafe, Wolle, Ostfriesland und leckeres Essen mit einfließen lässt.

Susanne Ptak

Mord in Emden

Ostfrieslandkrimi

Klarant Verlag

Klarant Verlag, www.klarant.de – www.ostfrieslandkrimi.de
ISBN: 978-3-95573-822-8
1. Auflage 2018
Umschlagabbildung: Klarant Verlag

Printed in the EU.

Kapitel 1

Nach und nach traf die Verwandtschaft in Peter von Rauhenbergs Haus ein. Alle hatten zugesagt, anlässlich seines fünfzigsten Geburtstages zu erscheinen. Die runde Zahl alleine wäre vermutlich kein Grund für das Kommen derjenigen gewesen, die dafür eine längere Anreise hatten in Kauf nehmen müssen, doch Peter hatte sie wissen lassen, dass er an diesem Abend etwas mitzuteilen habe, das alle Familienangehörigen beträfe, die in irgendeiner Form mit *Von Rauhenberg Im- und Export* zu tun hatten. Da ein großer Teil der Familie für Peters Firma arbeitete und der Rest darauf spekulierte, irgendwann doch noch am millionenschweren Unternehmen beteiligt zu werden, waren mit einer Ausnahme alle erschienen.

Heute vermisste Peter genau diese Ausnahme. Seine Schwester Margot, mit der er vor Jahren im Streit auseinandergegangen war, wäre bestimmt die Einzige, die seine Entscheidung gutheißen und auf seiner Seite sein würde. Auch wenn Margot kein Recht gehabt hatte, ihn so zu verurteilen, und trotz seiner Enttäuschung, dass sie blind ihrer Freundin vertraut hatte, anstatt sich auch seine Sicht der Dinge anzuhören, vermisste er sie doch sehr. Er nahm sich fest vor, sich wieder mit ihr zu versöhnen, sobald das hier überstanden war. Es gab ohnehin noch einiges, das er mit Margot besprechen wollte.

Peter nahm die Glückwünsche entgegen, hatte jedoch seine Zweifel, ob diese wirklich ernst gemeint waren. Wahrscheinlich hofften die meisten Gratulanten, dass er ihnen gleich von seinem in Kürze bevorstehenden vorzeitigen Ableben berichten würde und darum die Firma zu gleichen Teilen an die Familie übergeben wolle. Mühsam verkniff er sich ein breites Grinsen bei der Vorstellung, wie dumm sie bald alle aus der Wäsche gucken würden, erfreute er sich doch bester Gesundheit und hatte geplant, diesen Zustand auch noch möglichst lange zu bewahren.

Doch erst einmal wollte er die liebe Verwandtschaft ein wenig auf die Folter spannen. Bevor das Buffet geplündert war, würde er nichts verraten.

Neben ihm begann sein fünfzehn Monate alter Sohn Oliver in den Armen seiner Mutter zu quengeln.

Nele von Rauhenberg, Peters zweite Frau und Olis Mutter, seufzte leise.

„Gleich ist es geschafft", flüsterte Peter ihr zu. „Sobald meine Eltern uns begrüßt haben, soll Maria Oli ins Bett bringen."

Nele schenkte ihm ein müdes, aber dennoch befreites Lächeln. Ja, bald war es geschafft. Und in zwei Wochen, spätestens in einem Monat, ließen sie das hier hinter sich und alles würde wieder gut werden.

Friederike von Rauhenberg kam zur Tür herein und stürmte auf ihren Sohn zu. Sie gratulierte ihm überschwänglich und wandte sich dann sofort Oliver zu, um ihn einer genauen Inspektion zu unterziehen. Sie traute der neuen Frau ihres Sohnes keinerlei mütterliche Qualitäten zu. Und da sie auch das Kindermädchen nicht hatte aussuchen dürfen, mutmaßte sie eine völlige Verwahrlosung des Jungen. Doch zu ihrem Leidwesen gab Olivers Zustand keinen Grund zur Beanstandung. Um trotzdem wenigstens ein bisschen Kritik üben zu können, sagte sie: „Das Kind ist ja völlig übermüdet. Es muss dringend ins Bett."

Walter von Rauhenberg hielt es nicht für nötig, seinem Sohn zu gratulieren. Immerhin war es ja nicht sein Verdienst, vor fünfzig Jahren das Licht der Welt erblickt zu haben. „Was geht nun wieder in deinem Kopf vor?", fragte er Peter stattdessen. „Ich hoffe, du hast uns aus einem wirklich wichtigen Grund hierher zitiert."

„Es war lediglich eine Einladung", entgegnete Peter ruhig. „Ihr hättet nicht kommen müssen." Nichts, nicht einmal sein Vater, würde ihn heute aus der Ruhe bringen.

Nele hatte Oliver dem Kindermädchen Maria übergeben und ging nun an Peters Seite in das große Speisezimmer, wo das Buffet aufgebaut worden war. Essen mussten die Gäste, wo sie

Platz fanden. Ein Umstand, den Friederike mit hochgezogenen Brauen und gerümpfter Nase quittierte. Sie hatte ein mehrgängiges Menü an einer elegant gedeckten Tafel erwartet.

Allen anderen hingegen schien es gleichgültig zu sein, dass es diese festliche Tafel nicht gab. Sie fieberten nur Peters Ankündigung entgegen. So stürzten sie dann auch zu den Speisen, kaum dass ihr Gastgeber die Worte „Das Buffet ist …“ ausgesprochen hatte.

Peter selbst verspürte keinen Hunger. Ein wenig aufgeregt war er nun doch, denn außer ihn und Nele würde sein Plan wohl niemanden begeistern. Besonders mulmig war ihm bei dem Gedanken an Timo, seinen Sohn aus erster Ehe. Auch er würde die Entscheidung seines Vaters sicher nicht verstehen, zumal diese seine finanzielle Situation direkt betraf. Peter seufzte. Trotz des begangenen Vertrauensbruchs liebte er seinen Ältesten. War er selbst doch nicht ganz unschuldig daran, dass das geschehen war. Aber auch, wenn man das außer Acht ließ, war Timo ein Träumer, der sich von seinem Vater durchfüttern ließ und wahrscheinlich darauf spekulierte, dass ihm eines schönen Tages die Firma in den Schoß fallen würde. In naher Zukunft würde er allerdings tatsächlich arbeiten müssen, wenn er seinen Job behalten wollte.

Nach und nach wurden geleerte Teller auf dem dafür bereitgestellten Tisch zurückgelassen, und die Speisen auf dem Buffet waren übersichtlich geworden. Immer mehr Augen suchten Peters Blick. Der Zeitpunkt war gekommen.

„Du schaffst das“, flüsterte Nele ihrem Mann zu und drückte aufmunternd seine Hand.

Peter nickte und räusperte sich. Sofort verstummten sämtliche Gespräche und alle Blicke wandten sich ihm gespannt zu.

Zwei Nachzügler hasteten noch rasch ins Wohnzimmer, als es plötzlich still geworden war.

„Ich hatte euch ja bereits mitgeteilt, dass ich euch nicht nur zu meinem Geburtstag eingeladen habe“, begann der Hausherr.

„Nun spann uns nicht weiter auf die Folter!“, rief Cousin Bruno ihm missmutig zu.

Vermutlich hatte Bruno schon einen Verdacht, worum es gehen könnte. Immerhin hatte er eine geschäftsführende Position inne und ihm waren Peters ungewöhnlich häufige Telefonate und die Termine außerhalb der Firma gewiss nicht entgangen.

„In Ordnung. Ich mache es kurz. Von Rauhenberg Im- und Exporte wird verkauft. Nele, Oliver und ich werden das Land verlassen, sobald der Verkauf abgewickelt ist."

Für einen Moment war es so still im Raum, dass man nur das Ticken der alten Standuhr hörte. Dann brach der Tumult los. Alle redeten gleichzeitig auf Peter und aufeinander ein, sodass kein klares Wort zu verstehen war.

„Bist du des Wahnsinns?", erhob sich dann doch die Stimme Walter von Rauhenbergs über alle anderen. „Du kannst uns doch nicht alle unserer Existenz berauben!" Aufgebracht starrte er seinen Sohn an.

Es wurde wieder ruhiger, denn alle wollten Peters Antwort hören.

„Ich beraube niemanden seiner Existenz. Wer sich bewährt, kann seinen Arbeitsplatz behalten. Das wurde bereits mit dem Käufer abgeklärt. Allerdings wird euer zukünftiger Chef nicht eure Arbeit erledigen, so wie ich es oftmals getan habe. Und er wird auch niemanden nur für seine Anwesenheit bezahlen. In Zukunft werdet ihr euer Geld also tatsächlich verdienen müssen."

Wieder wurden empörte Stimmen laut. Selbstverständlich hielt sich jedes der in der Firma angestellten Familienmitglieder für unverzichtbar und die Zierde des Unternehmens. Eine Anmaßung, irgendjemandem in diesem Raum zu unterstellen, dass er seine Arbeitszeit nur absaß!

Plötzlich wurde Peter grob am Arm gepackt, und ehe er sich versah, hatte Cousin Bruno ihn aus dem Wohnzimmer gezerrt.

„Was glaubst du eigentlich, was du hier tust?", fuhr Bruno seinen Cousin an, als sie vor Peters Arbeitszimmer angelangt waren.

„Was glaubst du, was du hier tust?“, schnauzte Peter zurück und entwand seinen Arm der Hand seines Cousins, stieß die Tür des Büros auf und ging hinein.

Bruno folgte ihm und schloss die Tür hinter sich. Nun brüllte er beinahe: „Warum hast du das nicht vorher mit mir besprochen? Du kannst doch nicht einfach hergehen und den Laden hinter unserem Rücken verscherbeln! Vielleicht hättest du Klaus und mich erst einmal fragen sollen, ob wir übernehmen wollen!“

Peter lachte auf. „Ihr wollt die Firma kaufen? Mit welchem Geld? Oder habe ich verpasst, dass einer von euch im Lotto gewonnen hat?“

Bruno benötigte seine ganze Selbstbeherrschung, um Peter nicht einfach niederzuschlagen. „Wir hätten schon eine Lösung gefunden! Du verrätst deine Familie!“, stieß er hervor.

Peter ging zum Schrank und öffnete das Barfach. Er nahm zwei Gläser und schenkte für sich und Bruno Cognac ein. „Ich verrate niemanden“, sagte er ruhig und überreichte Bruno ein Glas. „Ich bin es nur leid, Tag und Nacht unter Strom zu stehen, weil jeder von euch sich in letzter Konsequenz darauf verlässt, dass ich hinter ihm herräume. Ich habe eine junge Frau und einen kleinen Sohn. Es wird Zeit, dass ich mich endlich diesen beiden widme. Sie haben lange genug zurückgesteckt. Beinahe hätte mich der Laden ein zweites Mal meine Ehe gekostet.“

„Warum hast du das nicht früher mal angesprochen? Wir hätten dich entlastet.“

Peter stieß ein spöttisches Lachen aus. „Wenn du mal ehrlich darüber nachdenkst, wird dir einfallen, dass ich dieses Thema mehrfach angesprochen habe. Und ihr habt doch alle gewusst, was bei uns abläuft. Aber darüber habt ihr euch nur die Mäuler zerrissen und ansonsten die Augen verschlossen. Nein, ich habe einfach keine Lust mehr.“

„Du hättest zumindest Kurt und mich schon vor Jahren als Gesellschafter beteiligen sollen. Und auch Alina und Wiebke hätten sich deutlich engagierter gezeigt, wären sie

Gesellschafter gewesen. Aber nein, der großartige Peter muss ja eine Ein-Mann-GmbH führen, damit ihm nur ja keiner ins Handwerk pfuscht!"

Peter schaute seinen Cousin für einen Moment nachdenklich an. „Ja, vielleicht hast du recht, vielleicht hätte ich das tun sollen. Doch seien wir einmal ehrlich. Zöge ich diese Lösung jetzt in Erwägung, käme ich doch niemals ganz aus der Firma raus. Ich will jedoch einen endgültigen Schlussstrich ziehen. Aber keine Sorge, dein Leben wird sich nicht großartig ändern. Immerhin bist du der Einzige, der wirklich gute Arbeit leistet und nicht um Punkt fünf den Computer runterfährt. Der Käufer weiß bereits, dass er auf dich nicht verzichten kann. Ebenso verhält es sich mit Saskia und Thomas."

Bruno atmete tief ein, um sich zu beruhigen, dann nahm er einen Schluck aus seinem Glas. Er lehnte sich gegen die Kante des wuchtigen Schreibtisches und schaute seinen Cousin an. „Aber was wird aus deinem Vater? Aus deinem Sohn?"

„Das Büro in Düsseldorf wird natürlich geschlossen. Es wurde ohnehin nie wirklich benötigt und diente hauptsächlich dazu, dass Vater sich nicht als Almosenempfänger fühlen musste. Aber ich werde schon dafür sorgen, dass es meinen Eltern gut geht. Hätte Vater sich damals nicht verspekuliert … egal, für sie wird gesorgt. Und Timo hatte alle Chancen dieser Erde. Nicht mein Problem, wenn er keine davon genutzt hat. Er hätte sich längst eine entsprechende Position im Geschäft erarbeiten können, aber nein, er wollte ja was Eigenes. Zwei Versuche habe ich ihm finanziert, beide hat er an die Wand gefahren. Er ist alt genug, um für sich selbst Verantwortung zu übernehmen. Ich denke, ich habe meine Pflicht erfüllt. Und Kurt …" Peter zuckte mit den Schultern. „Er muss eben endlich mal in die Hufe kommen und beweisen, dass er etwas kann. Dasselbe gilt für alle anderen."

„Wie wird die Sache ablaufen?" Bruno fügte sich in das offenbar Unvermeidliche. Peter hatte recht. Sein Job war sicher, zumindest für die nächsten Jahre, hatte er doch immer gute Arbeit geleistet und selbst Peter wäre ohne ihn oft aufgeschmissen gewesen. Ebenso verhielt es sich mit den Arbeitsplätzen seiner Kinder, die er stets angehalten hatte, sich für die Firma einzusetzen und für den Fall vorbereitet zu sein, dass Peter das Geschäft eines Tages übergeben würde. Schließlich war jedem klar gewesen, dass Timo niemals als Geschäftsführer getaugt hätte, und spätestens nachdem er seinen Vater derart hintergangen hatte, hätte Peter ihm wahrscheinlich keine Chance mehr gegeben. Nun, dieser Fall würde also nicht eintreten, dennoch mussten sie das Beste daraus machen. Vorsichtshalber würde er sich jedoch morgen mit den anderen Betroffenen zusammensetzen, um vielleicht eine bessere Lösung zu finden.

„Die Verträge sind so weit ausgehandelt", antwortete Peter. „Nächste Woche werden nur noch die zum Unternehmen gehörenden Immobilien durch den Käufer besichtigt und dann kommt hoffentlich alles unter Dach und Fach."

Also waren die Verträge noch nicht unterzeichnet. Es blieben wenigstens noch ein paar Tage.

Kapitel 2

„Margot? Was ist los?“ Arno Brenner trat in den Flur, wo seine Frau stand und nachdenklich vor sich hinstarrte; das Telefon noch in der Hand.

Margot Brenner wandte den Kopf und schaute ihren Mann ratlos an. „Ich weiß nicht. Das war Timo. Er wollte wissen, ob Peter bei uns ist.“

„Dein Bruder Peter? Warum sollte der ausgerechnet bei uns sein?“ Arno nahm Margot das Telefon aus der Hand und steckte es zurück in die Ladestation.

„Timo sagte, Peter sei spurlos verschwunden!“, stieß Margot nun hervor. „Sie haben schon überall nach ihm gesucht!“

Auch wenn sie und ihr Bruder sich vor einigen Jahren so sehr zerstritten hatten, dass sie seither nicht mehr miteinander sprachen, machte Margot sich nun doch Sorgen um ihn.

Die Eheleute gingen zurück in die Küche. Dort saßen ihre Kinder Jessica und Jonas, außerdem Arnos Mutter Josefine am Küchentisch, wo sie gerade das gemeinsame Sonntagsessen genossen hatten. Ganz offensichtlich hatten sie das Gespräch mitbekommen, denn sie schauten die Hereinkommenden erstaunt an.

„Onkel Peter ist verschwunden?“, hakte Jessica, die angehende Polizistin, sofort nach.

Margot nickte und setzte sich.

„Vielleicht sind Oma und Opa zu Besuch und er brauchte nur mal eine Auszeit“, mutmaßte Jonas. Mit einem Grinsen fügte er hinzu: „Ich meine, wir wissen doch alle, dass dieser Teil der Familie ein wenig anstrengend sein kann.“

Jessica kicherte leise. „Das hast du aber nett formuliert.“

Arno verkniff sich angesichts der offensichtlichen Besorgnis seiner Frau mühsam das Grinsen und quetschte hervor: „Hatte Peter nicht am Freitag Geburtstag? Auch wenn wir nicht eingeladen waren, bestimmt war der ganze Rest der buckligen Verwandtschaft anwesend. Da kann man schon mal Fluchtgedanken haben.“

Auch Josefines Mundwinkel zuckten verdächtig und sie beugte sich schnell hinunter, um ihren Mopsrüden Sir Toby zu streicheln, der neben ihrem Stuhl lag und dort nach dem in Sekundenschnelle verdrückten Mittagsfutter satt und zufrieden schlummerte.

Ohne Frage, Margot war die beste Schwiegertochter, die man sich wünschen konnte, doch selbst Josefine war damals nicht begeistert über die Wahl ihres Sohnes gewesen, hatte sie doch einige Schwierigkeiten zur Folge gehabt. Margot war eine Geborene von Rauhenberg und zu dem Zeitpunkt, als Arno und sie sich kennenlernten, bereits einem Freiherrn von Irgendwas versprochen gewesen. Josefine konnte sich beim besten Willen nicht mehr an den Namen des Herrn erinnern. Auch wenn der Adel in Deutschland keine große Rolle mehr spielte und die von Rauhenbergs ohnehin nur dem untitulierten edlen Geschlecht angehörten, so waren sie doch alles andere als glücklich darüber gewesen, dass die Tochter den Verlobten aus ‚gutem Hause' vor den Kopf stieß und ausgerechnet den Bestattersohn heiraten wollte. Dementsprechend kühl waren alle Zusammenkünfte der Familien dann auch verlaufen, und selbst die jüngste Generation derer von Rauhenberg verzichtete gerne auf häufigeren Kontakt mit ‚den Totengräbern'.

„Er hatte am Donnerstag Geburtstag", sagte Margot mit belegter Stimme. „Timo erzählte, sie hätten groß gefeiert, mit der ganzen Familie …"

Arno griff über den Tisch und nahm tröstend die Hand seiner Frau. So groß die familiären Probleme auch waren, es war immerhin ihre Familie, und er wusste, dass sie besonders Peter sehr vermisste. Es musste sehr schmerzhaft für Margot sein, dass sie so ausgeschlossen wurde.

„Vielleicht sollte ich hinfahren?", rief Margot plötzlich. „Timo hörte sich wirklich sehr besorgt an. Und egal, was ihr denkt, Peter würde seiner Familie freiwillig niemals solche Sorgen machen. "

Josefine wurde hellhörig und tauchte wieder unter dem Tisch auf. Margots Eltern lebten zwar in Düsseldorf, Sohn Peter war jedoch schon vor zwanzig Jahren nach Emden gezogen, wo er ein florierendes Unternehmen aus dem Nichts gestampft hatte. Etliche Cousins und Cousinen waren ihm dorthin gefolgt. Josefine liebte Ostfriesland und nutzte jede Gelegenheit, um dorthin zu fahren.

Arno hatte die Reaktion seiner Mutter bemerkt. Sofort legte sich seine Erheiterung. „Kommt nicht infrage“, sagte er. „Sobald du da auftauchst, gibt es doch wieder eine Leiche!“

Womit er nicht ganz falschlag, denn bisher war die ehemalige Rechtsmedizinerin noch bei jeder ihrer Ostfrieslandreisen in eine Mordermittlung hineingeraten.

„Blödsinn!“, stieß Josefine hervor. „Peter wird ja nur vermisst. Ich habe aber beste Kontakte zur dortigen Polizei, wie ihr wisst. Mit Sicherheit werden sie die Vermisstenanzeige für einen Erwachsenen ernster nehmen, wenn ein paar Kriminalkommissare sich darum kümmern.“ Natürlich wusste sie, dass die Polizei in einem solchen Fall überhaupt nichts unternehmen konnte, aber das musste sie ihrem Sohn ja nicht unbedingt auf die Nase binden.

Margot nickte euphorisch und schenkte dann ihrer Schwiegermutter ein dankbares Lächeln. „Genau! Wann fahren wir?“

„Ich könnte Ralf auch einfach anrufen“, schlug Jessica vor. Sie und der Auricher Kriminalkommissar waren seit zweieinhalb Jahren ein Paar. „Und du weißt doch sicher, dass …“

Der empörte Blick ihrer Großmutter ließ die Enkelin verstummen.

Und bevor Arno sich weiter dazu äußern konnte, erhob sich Margot und verkündete entschlossen: „Nein. Ich will selbst sehen, was da los ist.“ Sie schaute ihre Schwiegermutter an. „Irgendeine Idee, wo wir dort übernachten können? Ich will mich nicht unbedingt Nele oder meinen Cousins und Cousinen aufdrängen.“

Josefine zog das Handy aus der Tasche ihrer kunterbunten Strickjacke. „Ich rufe Theda an. Ihr wird schon was einfallen."

Eine halbe Stunde später hatte Josefines Freundin Theda Borchers die Ferienwohnung einer Bekannten aus Emden für Josefine und Margot gebucht und sie waren zum Abendessen im Hafenhaus verabredet.

Josefine erhob sich. „Dann fahre ich mal nach Hause und packe ein paar Sachen ein."

„Wenn es dir recht ist, dann hole ich dich in einer Stunde ab, Mama." Margot schaute ihre Schwiegermutter in Erwartung eines Widerspruchs unsicher an.

Doch Josefine nickte. Sie würde nicht darauf bestehen, mit dem eigenen Wagen zu fahren. Seit dem Tod seines Vaters führte Arno das Bestattungsinstitut Brenner. Als er nach der Übernahme den Fuhrpark erneuerte, hatte Josefine einen der Leichenwagen übernommen, den sie nun als ganz normalen PKW nutzte, einfach weil sie ihn sehr bequem und in Anbetracht seiner Größe äußerst praktisch fand. Außerdem war der Wagen eine Erinnerung an ihren verstorbenen Mann Alexander, denn der 1967er Mercedes war das erste Fahrzeug, welches sie gemeinsam für das Familienunternehmen gekauft hatten.

Josefine war allerdings die Einzige, der es überhaupt nichts ausmachte, dass sie mit dem Leichenwagen jedes Mal erstaunte, empörte und auch erschrockene Blicke auf sich zog. Der Rest der Familie war da deutlich unentspannter. Davon aber abgesehen, verfügte Margots Wagen über ein Navigationsgerät, welches durchaus hilfreich sein konnte, da Josefine sich in Emden nicht auskannte und Margot schon seit wenigstens drei Jahren nicht mehr dort gewesen war.

Sobald Josefine zu Hause war, griff sie zum Telefon und wählte die Nummer von Hauptkommissar Werner Harms. Auch wenn die Polizei bei einem Erwachsenen nicht viel machen konnte, sofern nicht Gefahr für Leib und Leben des

Vermissten bestand, konnte es nicht schaden, mit dem Freund darüber zu sprechen.

„Moin Josefine!“, meldete sich Werner Harms erfreut.

Sie tauschten ein paar Höflichkeiten aus und erkundigten sich gegenseitig nach dem Befinden der jeweiligen Familie.

„Aber du rufst doch nicht an, um dich nach Mellies Fortschritten beim Laufen zu erkundigen“, sagte Werner, nachdem sie sich eine Weile unterhalten hatten. Zwar war seine kleine Tochter Werners ganzer Stolz, dennoch war er sich durchaus bewusst, dass sich nicht die ganze Welt für Melanie interessierte. „Also, was hast du auf dem Herzen?“

Josefine berichtete dem Freund vom Verschwinden Peter von Rauhenbergs.

„Seit Freitag?“, hakte Werner nach.

„Seine Frau hat ihn zum letzten Mal am Freitagmorgen gesehen. Er ist dann wohl in seine Firma gefahren, doch danach verliert sich seine Spur. Das sagte zumindest sein Sohn.“

„Vielleicht ist er ja nur irgendwo versackt. Kann ja mal passieren“, versuchte Werner zu beruhigen. „Bestimmt kommt er heute Abend zurück nach Hause.“

„Normalerweise würde ich dir da zustimmen, Werner. Aber Peter ist kein Mensch, der sich einfach mal eine Auszeit nimmt. Er hat eine junge Frau und einen kleinen Sohn. Er würde ihnen nicht solche Sorgen machen.“

„Nun, Emden ist nicht meine Zuständigkeit, aber ich werde sehr gerne eine Kollegin vor Ort für dich anrufen. Dein Instinkt hat dich ja bisher nie getäuscht. Kommst du nach Ostfriesland?“

„Margot und ich sind quasi schon auf dem Weg.“ Sie musste Werner nicht lange überreden, damit er einem Treffen zustimmte.

„Dann sehen wir uns also heute Abend?“

„Ich freue mich“, antwortete Werncr. „Bis nachher.“

Nachdem sie das Telefonat beendet hatte, packte Josefine rasch das, was sie und Sir Toby für eine Woche benötigten, in zwei Reisetaschen. Gerade hatte sie das Gepäck nach unten geschleppt, da stand Margot auch schon vor der Haustür.

„Das war aber deutlich unter einer Stunde“, begrüßte Josefine sie mit einem verstehenden Lächeln.

„Ich weiß, entschuldige. Aber ich bin so nervös.“

Josefine umarmte ihre Schwiegertochter. „Natürlich bist du das. Ich bin auch abreisefertig. Lass uns fahren und herausfinden, was es mit Peters Verschwinden auf sich hat. Womöglich hat er sich ja wirklich nur mal eine Auszeit gegönnt.“

Kapitel 3

Dank des Navis fanden sie die von Theda organisierte Ferienwohnung, die in einer ruhigen, jedoch ziemlich zugeparkten Seitenstraße lag, auf Anhieb.

Josefine lächelte, als sie vor der Doppelhaushälfte nicht nur eine Frau sah, die vermutlich ihre Vermieterin war, sondern auch Theda erkannte, die mit den Armen ruderte, um Margot darauf aufmerksam zu machen, dass sie vor die Garage fahren sollte.

Nach einer freudigen Begrüßung stellte Theda die Frauen einander vor. Josefine und Margot begrüßten Ursula Möhlmann herzlich.

Ursula, die gleich zum vertraulichen Du überging, schloss Sir Toby sofort in ihr Herz. „Wenn du mal 'nen Hundesitter brauchst – ich wohn ja gleich nebenan. Aber jetzt kommt rein. Ich zeige euch die Wohnung."

Hintereinander betraten sie das Haus, und Ursula führte sie durch die gemütliche Wohnung. Dann überreichte sie Josefine den Haustürschlüssel mit den Worten: „Wenn irgendetwas ist, einfach bei mir klingeln. Sollte ich nicht zu Hause sein, Theda hat meine Handynummer." Damit verabschiedete sie sich.

Theda setzte Teewasser auf, während Margot und Josefine das Gepäck aus dem Auto holten.

„Bei dem herrlichen Wetter sollten wir uns auf die Terrasse setzen", schlug Theda vor.

Tatsächlich präsentierte sich der Frühsommer von seiner allerbesten Seite. Die Sonne strahlte vom postkartenblauen Himmel, über den nur hin und wieder eine Schäfchenwolke segelte. Eine leichte, angenehme Brise verhinderte, dass es unangenehm heiß wurde.

Sir Toby hatte die geöffnete Terrassentür bereits entdeckt und lief in den Garten.

„Keine Sorge, der ist komplett eingezäunt", beschwichtigte Theda, als Josefine hinterhersprinten wollte.

„Trotzdem wäre es vielleicht gut, wenn ich ihm folge, um zu sehen, wo ich seine Hinterlassenschaften aufsammeln muss."

Margot schaute durch die Glastüre nach draußen und lachte. „Er ist in einem riesigen Rhododendronbusch verschwunden. Ich fürchte, die Hinterlassenschaft wirst du nicht finden."

Theda ging in die Küche und kam mit einem Tablett zurück, auf dem Tassen, Sahne und Kluntjes standen. „Kommt mit raus. Der Tee ist auch gleich fertig."

Wenig später hatten die drei Frauen es sich auf den bequemen Gartenmöbeln gemütlich gemacht. Sir Toby lag entspannt auf dem kleinen Rasenstück und ließ sich die Sonne auf das Fell scheinen.

Theda gab Sahne in ihren Tee und schaute Margot an. „Also, dein Bruder ist verschwunden? Habe ich Josefine da richtig verstanden?"

Margot nickte. „Mein Neffe Timo rief mich heute Mittag an und sagte, dass Peter seit Freitag verschwunden sei. Als wäre das nicht schon merkwürdig genug, irritiert mich besonders die Tatsache, dass er mich überhaupt angerufen hat."

Theda nickte nachdenklich. „Fine erzählte hin und wieder, dass ihr euch nicht besonders gut versteht."

Margot lächelte traurig. „Das hast du sehr höflich ausgedrückt. Dass meine Familie mich hasst, würde es aber wohl besser treffen."

„Na, so schlimm ist es ja nun nicht", wiegelte Josefine ab. „Sie haben eben andere Vorstellungen vom Leben als unsereiner. Deine Eltern mochten Jessica und Jonas zum Beispiel immer sehr. Sie waren die Einzigen, die Friederike Oma Rike nennen durften."

„Ja, aber nur, weil sie dich Oma Fine nennen, und auch nur so lange, bis sie merkten, dass meine Kinder nicht daran interessiert sind, irgendwelche Freiherren oder Freifrauen zu ehelichen. Dass Jonas ein Kind bekommt, noch dazu mit einer Frau, die er sich selbst ausgesucht hat, löste nicht gerade Begeisterung aus. Und für Jessica hatten sie doch schon einen geeigneten Kandidaten gefunden. Mutter war not amused, als sie herausfand, dass Jessica voraussichtlich einen Kriminalkommissar heiraten wird. Noch dazu einen, der etliche Jahre älter ist als sie."

Josefine grinste, als sie an das gemeinsame Essen dachte, bei dem Walter und Friederike von Rauhenberg Ralf Toben kennengelernt hatten. Die beiden hatten nämlich, als kleine Überraschung, den von ihnen für Jessica auserwählten Freiherrn mitgebracht, der von der vermeintlichen Braut auch ganz offensichtlich angetan gewesen war. Als er jedoch bemerkte, dass Jessica längst vergeben war, hatte er seine Enttäuschung mit reichlich Alkohol bekämpft und wenig freiherrliche Äußerungen von sich gegeben. Noch vor dem Nachtisch hatten die von Rauhenbergs ihn nach Hause schaffen müssen. Noch immer haderten sie damit, dass auch die Enkelin nicht an Titeln interessiert war.

„Hätte dein Bruder denn einen Grund, einfach so zu verschwinden?", wechselte Theda das Thema.

Margot zuckte mit den Schultern. „Seit einem wirklich schlimmen Streit vor nun fast vier Jahren haben wir nicht mehr miteinander gesprochen. Ich habe nicht die leiseste Ahnung, ob Peter irgendwelche Probleme hat. Letztendlich ist er aber nicht der Typ, der vor Problemen davonrennt."

„Womöglich hat ihn die junge Frau dann doch überfordert", vermutete Josefine.

Theda hob fragend die Augenbrauen.

„Der Grund unseres Streits", erklärte Margot. „Peters erste Frau war meine damals beste Freundin Franziska. Vor vier Jahren lernte er dann Nele kennen, so ein dürres, aufgetakeltes Blondchen, das etliche Jahre jünger ist. Es dauerte keine drei Monate, und Peter hatte die Scheidung eingereicht. Davon aber abgesehen, ist er die Zuverlässigkeit in Person. Er würde nicht einfach mal so verschwinden, weil ihm gerade danach ist."

„Oha!", entfuhr es Theda. „Und dann hat er diese Nele geheiratet?"

Margot nickte. „Das war wahrscheinlich das einzige Mal, dass ich die Meinung der übrigen Mitglieder meiner Familie teilte. Sie liebten Franziska, immerhin ist sie auch eine Gebürtige von und zu und somit standesgemäß. Alle waren entsetzt, doch ich war die Einzige, die ihn zur Rede stellte. Das Resultat war, dass er Franziska trotzdem in die Wüste schickte, Nele heiratete und seither nicht mehr mit mir spricht. Natürlich war ich dann für alle wieder die Böse, nachdem das Kind ohnehin in den Brunnen gefallen war. Niemand will es sich mit Peter verscherzen, ist er doch derjenige, der genug Geld hat, um dem einen oder anderen Familienmitglied aus einer eventuellen Patsche zu helfen."

„Abgesehen davon, bekommt jedes Familienmitglied, das gerne möchte, einen Job in Peters Firma", fügte Josefine hinzu. „Mit anderen Worten: Die sind fast alle bei ihm angestellt und auch die Nachkommen, die in der Schule kläglich versagen, müssen sich um ihre Zukunft keine Sorgen machen. Onkel Peter wird's schon richten."

„Einige benutzten ihn auch als Bank und haben ihre Häuser über Peter finanzieren lassen", ergänzte Margot.

„Also sind nicht alle von Rauhenbergs vermögend?", erkundigte sich Theda.

Margot lachte auf. „Absolut nicht! Das ist ein Haufen Faulenzer, die sich auch nach Jahrhunderten zu fein für richtige Arbeit sind."

„Hätte jemand Vorteile davon, wenn Peter verschwunden bleibt?"

Margots Kopf fuhr hoch und sie starrte Theda an. „Du denkst doch nicht …?" Dann warf sie Josefine einen Seitenblick zu. „Hat meine Schwiegermutter dich jetzt schon mit ihren ständigen Mordverdächtigungen angesteckt?"

Theda grinste. „Das muss sie nicht. Du weißt doch, ich schreibe Krimis. Meine Fantasie geht ganz von alleine mit mir durch." Sie wurde wieder ernst. „Du bist dir ganz offensichtlich sicher, dass dein Bruder nicht aus eigenem Antrieb für ein paar Tage abtauchen würde. Welcher Schluss bleibt da also noch?" Sie sah Margots betroffene Miene und schaute rasch auf ihre Armbanduhr. „Lasst uns gehen. Ich habe einen Tisch auf der Terrasse reserviert. Den habe ich so kurzfristig für einen sonnigen Sonntagabend ohnehin nur durch Beziehungen bekommen. Wenn wir nicht pünktlich sind, dann ist der aber bei dem Wetter ruckzuck weg.“

Hauptkommissar Werner Harms erwartete die Frauen schon vor dem Eingang des Restaurants. Er war in Begleitung seiner Frau Martha und einer sympathisch wirkenden Frau in den Dreißigern.

Martha und Werner begrüßten Josefine und Theda überschwänglich.

Josefine machte Margot mit den Eheleuten Harms bekannt.

Dann stellte Werner die blonde Frau vor, die sich als Erstes zu Sir Toby hinabgebeugt und ihn gekrault hatte, was den Mops prompt dazu veranlasste, sich mitten auf der Straße auf den Rücken zu werfen.

„Oberkommissarin Lea Meinders, eine sehr liebe und äußerst kompetente Kollegin. Ich dachte, ich bringe sie gleich mal mit. Zwar hoffe ich natürlich, dass ihr Leas Hilfe nicht benötigen werdet, aber so lernt ihr euch schon mal kennen.“

Leas Pferdeschwanz wippte fröhlich, als sie sich wieder aufrichtete und die Frauen mit Handschlag und einem sympathischen Lächeln begrüßte. „Sie werden sich vermutlich nicht daran erinnern“, sagte sie, an Josefine gewandt, „aber wir haben schon übers Internet miteinander Kontakt gehabt.“

Josefine musterte ihr Gegenüber kurz, dann lachte sie. „Aber natürlich erinnere ich mich! Lea Vossen! Wir haben uns über einen Mordfall und über diverse Strickmuster unterhalten.“

Lea lachte ebenfalls. „Genau. Ich folge Ihrem Blog und wir sind über Facebook befreundet. Dort bin ich allerdings unter meinem Mädchennamen unterwegs. Tatsächlich bin ich Werners Einladung gefolgt, weil ich Sie gerne persönlich kennenlernen wollte.“

„Lasst uns gehen“, drängte Theda. Sie winkte einer Servicekraft zu, die lächelnd zurückwinkte. Offensichtlich die Beziehung, die Theda hier hatte.

Die beiden Frauen begrüßten sich herzlich und die Kellnerin führte sie dann zu der auf dem Wasser liegenden Terrasse und an den von Theda reservierten Platz.

„Wo ist Mellie?“, wollte Josefine von Martha wissen, nachdem sie Platz genommen hatten.

„Bei meinen Eltern. Sie wird in Restaurants schnell quengelig und ich fand, ich hätte mir mal wieder einen freien Abend mit gutem Essen verdient.“ Martha grinste breit.

„Die Wahrheit ist, meine Schwiegereltern haben sie nicht rausgerückt.“ Werner zwinkerte Josefine zu. „Aber ich nehme doch an, dass ihr in den nächsten Tagen mal nach Holtland kommt.“

„Wenn wir Peter schnell finden, dann ganz gewiss“, versprach Josefine.

Sie studierten die Speisekarten und als kurz darauf ein Kellner kam, gaben sie ihre Bestellungen auf.

„Ich habe mir die Vermisstenmeldung angesehen, nachdem Werner mich informierte“, ergriff Lea Meinders das Wort, sobald der Ober gegangen war. „Ein Telefonat mit der Gattin war jedoch nicht besonders hilfreich. Offenbar hat niemand auch nur die geringste Ahnung, was Herr von Rauhenberg am Tag seines Verschwindens vorhatte, außer zur Arbeit zu fahren natürlich. Angeblich weiß nicht einmal die Ehefrau, wo er danach hinwollte.“ Sie schaute Margot erwartungsvoll an.

„Ich kann Ihnen da leider auch nicht viel zu sagen. Unsere Familienverhältnisse sind etwas … na ja … nennen wir sie kompliziert“, bekannte Margot betroffen. „Wenn nicht einmal Nele das wusste …“

„Sie wissen sicher, dass ich nicht viel unternehmen kann“, erklärte Lea. „Natürlich wurde ein Foto des Vermissten an die Kollegen im Streifendienst weitergeleitet, aber da nach den Angaben seiner Frau keine Gefahr für Leib und Leben angenommen werden kann, müssen wir erst einmal davon ausgehen, dass Herr von Rauhenberg derzeit keinen Kontakt zu seiner Familie haben will, was sein gutes Recht ist, und können daher nicht intensiv nach ihm suchen.“

„Allerdings sieht ein solches Verhalten Peter gar nicht ähnlich“, wandte Josefine ein. „Auch wenn wir zur Familie von Rauhenberg kein gutes Verhältnis haben, so kann ich doch sagen, dass ich ihn als sehr verantwortungsvollen Menschen kennengelernt habe, was meine Schwiegertochter Ihnen bestätigen wird.“

„Sie denken also, ihm ist etwas zugestoßen?“, hakte Lea nach.

Josefine nickte und Margots Augen wurden feucht.

„Das können wir später noch besprechen“, mischte sich Theda ein, die bemerkt hatte, wie nahe Margot die Unterhaltung ging. „Lasst uns erst einmal essen, sonst bekommt Margot am Ende nichts mehr runter.“

Sofort nutzte Werner die Gelegenheit und erzählte einige Anekdoten über seine kleine Tochter. Selbst Margot lachte über seine Geschichten und als das Essen kam, hatte sie sogar wieder Appetit.

Als sie sich später verabschiedeten, versprach Lea Meinders: „Ich werde den Fall im Auge behalten. Mehr kann ich im Moment nicht tun. Sie dürfen sich aber gerne umgehend bei mir melden, sollte Ihnen etwas bekannt werden, das zur Auffindung des Gesuchten beitragen könnte.“ Sie überreichte jeder der drei Frauen eine Visitenkarte.

„Und sobald ihr die Zeit findet, besucht ihr uns in Holtland“, wandte sich Martha an Josefine.

„Fest versprochen. Bestimmt hat Britta wieder jede Menge Wolle, der ich nicht widerstehen kann.“ Josefine grinste Lea an, die sofort hellhörig geworden war. „Das wäre auch mal ein Tipp für Sie. Wunderschöne, handversponnene Wolle von den eigenen Schafen.“

„Was?“ Lea schaute Werner empört an. „Warum hast du mir das bisher verschwiegen?“

Werner zuckte mit den Schultern. „Woher soll ich wissen, dass du auch wollsüchtig bist? Und Emden hat doch ein Wollgeschäft.“

„Natürlich. Da bin ich auch Stammkundin. Trotzdem stöbere ich auch gerne in anderen Geschäften. Und wenn man dann die Wollspender vielleicht noch persönlich kennenlernen kann …“

„Ich schicke Ihnen die Adresse per PN“, versprach Josefine.

Nachdem alle sich eine gute Nacht gewünscht hatten, trennten sich ihre Wege.

Theda begleitete Margot und Josefine zurück zum Ferienhaus, da sie dort ihr Auto geparkt hatte.

„Wie wollt ihr nun weiter vorgehen?“, erkundigte sie sich, bevor sie in den Wagen stieg.

„Ich denke, wir statten morgen Nele und Timo einen Besuch ab“, antwortete Margot und warf ihrer Schwiegermutter einen fragenden Blick zu.

Josefine nickte. „So sollten wir anfangen. Vielleicht bekommen wir ja mehr heraus, wenn wir persönlich mit ihnen sprechen.“

„Ihr haltet mich auf dem Laufenden?“

„Selbstverständlich. Wir sehen uns doch sicher auch noch, oder?“

Theda grinste. „Na klar. Wir machen telefonisch was aus.“ Sie stieg ins Auto.

Josefine und Margot winkten ihr noch hinterher, bis der Wagen um die Ecke bog.

Kapitel 4

Timo von Rauhenberg wartete gespannt auf dem ehemaligen Firmengelände seines Vaters. Hier, auf diesem Bauernhof, hatte Peter von Rauhenberg vor zwei Jahrzehnten sein inzwischen millionenschweres Unternehmen gegründet.

Es war nur eine Vermutung, dass Timo hier das Geheimnis lüften würde, welches seine Mutter vor ihm hatte, doch als er sie und Kurt von Rauhenberg, den Cousin seines Vaters, belauscht hatte, war diese Adresse erwähnt worden.

Was hatten seine Mutter und Kurt miteinander zu schaffen? Natürlich war auch ihm das Gerücht zu Ohren gekommen, dass die beiden ein Verhältnis haben sollten, doch so richtig glauben konnte er das nicht. Kurt war schlichtweg nicht Mutters Typ. Auch wenn Kurt der Cousin seines Vaters war, so hatten die beiden doch wenig Ähnlichkeit. Dennoch war es schon ein wenig merkwürdig, dass Franziska selbst jetzt, wo sie doch schon seit zwei Jahren in München lebte, häufiger in Emden war als an ihrem neuen Wohnort. Und noch seltsamer war es, dass sie ihrem Sohn manchmal verschwieg, dass sie hier war, und lieber in ein Hotel ging, als dessen Gästezimmer zu nutzen. Er hatte auch nur davon erfahren, weil ein ehemaliger Schulkamerad in diesem Hotel arbeitete, der Timo darauf angesprochen hatte.

Schon seit einiger Zeit hatte Timo den Verdacht, dass Franziska irgendetwas plante, das in irgendeiner Beziehung zu Vaters Firma stand. Nur hatte er leider so gar keine Idee, worum es sich dabei handeln könnte.

Grundsätzlich war ihm das auch völlig egal gewesen. Er hatte ganz andere Probleme. Seit er sich in Nele verliebt hatte, tat er alles in seiner Macht Stehende, um sich auf eigene Füße zu stellen, in der Hoffnung, dass Nele sich dann ihm zuwenden würde. Nun, da es beinahe so weit war, hatte sein Vater Nele den Fehltritt verziehen und kurzerhand beschlossen, alles aufzugeben, um mit Nele und Oliver für einen Neuanfang von hier wegzugehen. Er würde sie beide verlieren, die Frau, die er über alles liebte, und seinen Sohn. Timo war absolut sicher, dass Oliver sein Sohn und nicht sein Halbbruder war.

Und jetzt war sein Vater spurlos verschwunden. Timo hatte nicht die leiseste Ahnung, wie er mit den Gefühlen, die gerade in ihm tobten, umgehen sollte. Natürlich machte er sich große Sorgen, dass seinem Vater etwas zugestoßen sein könnte. Aber da war dieser Gedanke, für den er sich furchtbar schämte, der aber auch sein Herz hin und wieder höherschlagen ließ. Sollte sein Vater tot sein, dann würde Nele sich ihm ganz und gar zuwenden können.

Doch da war noch ein weiterer Gedanke: Die meisten Familienmitglieder wussten, dass er und Nele Peter betrogen hatten. Sie würden, ohne zu zögern, mit dem Finger auf ihn zeigen. Er war definitiv der Tatverdächtige Nummer eins, sollte seinem Vater tatsächlich etwas Furchtbares zugestoßen sein.

Aus diesem Grund harrte er nun hier aus, verborgen hinter einem dichten Busch, der gleich neben dem alten Bauernhaus wuchs. Womöglich hatten Kurt und, was der Himmel verhüten möge, seine Mutter mit dem Verschwinden Peter von Rauhenbergs zu tun.

Langsam schliefen ihm die Beine ein. Er hockte hier in einer recht unglücklichen Position schon beinahe zwei Stunden. Vielleicht lag er doch falsch und Franziska und Kurt hatten lediglich ein Verhältnis. Niemand würde hier auftauchen.

Schon wollte er aufstehen, um wieder nach Hause zu fahren, da schoss ihm ein weiterer Gedanke durch den Kopf: Wenn es sich wirklich so verhielt, warum sollten die beiden ein Geheimnis aus ihrer Beziehung machen? Sowohl Franziska als auch Kurt waren geschieden. Es gab keinen Grund, nicht offen dazu zu stehen. Allerdings war es durch die Scheidung nicht gerade gut um Kurts Finanzen bestellt. Waren die Schulden, die er bei seinem Cousin hatte, womöglich ein Grund, Peter zu beseitigen?

Timo erhob sich kurz, schüttelte die steifen Glieder aus und suchte sich eine bequemere Position.

Kaum hatte er den Blick wieder auf die Zufahrt gerichtet, da sah er auf der Straße die Scheinwerfer eines Fahrzeugs. Der Wagen wurde langsamer und bog dann in die Auffahrt ein.

Timos Herz schlug schneller. Was würde nun geschehen?

Der weiße Lieferwagen wendete vor der Halle und wurde dann rückwärts an das Rolltor gesetzt.

Ein weiteres Fahrzeug näherte sich. Zwar konnte Timo durch die Entfernung und das Blattwerk vor seiner Nase das Kennzeichen nicht erkennen, aber er war ziemlich sicher, dass es sich um Kurts Geländewagen handelte.

Aus dem Lieferwagen stiegen zwei Männer von kräftiger Gestalt.

Der Mann, der jetzt neben dem SUV stand, hatte eindeutig Kurts Figur.

„Was ist denn bei euch los?“, erkundigte sich einer der kräftigen Männer beim Geländewagenfahrer. „Wozu diese Hektik?“

„Zum einen soll die Firma verkauft werden und der Käufer will sich in den nächsten Tagen sämtliche Gebäude ansehen, zum anderen ist Peter verschwunden. Es ist also durchaus möglich, dass schon bald die Bullen hier auftauchen. Sicher ist aber auf jeden Fall, dass der neue Besitzer hier erscheinen wird.“

Timo erkannte eindeutig die Stimme seines Großcousins.

Einer der anderen Männer lachte hässlich auf. „Peter ist verschwunden? Hat Franziska ihn doch noch abgemurkst?“

„Damit macht man keine Scherze, Georg!“, wies Kurt ihn zurecht. „Los jetzt, lasst uns so viel von dem Kram wie möglich wegschaffen.“

„Wir können unmöglich heute Nacht alles nach München bringen“, beschwerte sich Georg. „Wir haben nicht genug Lagermöglichkeiten.“

Kurt machte sich am Tor zu schaffen. „Ich weiß, ich weiß“, antwortete er genervt. „Einen Teil bringen wir zum Hof.“

„Und was ist mit Franziskas Sohn?“

„Der hat zum letzten Mal einen Blick in die Nebengebäude geworfen, als er da eingezogen ist. Macht euch um Timo keine Sorgen.“

Die Männer standen nun hinter dem Lieferwagen und Timo vernahm nur noch Fetzen des Gesprächs. Er musste näher ran, schließlich wollte er wissen, was da zu mitternächtlicher Stunde unbedingt weggeschafft werden musste.

Vorsichtig tastete er sich um den Busch herum. Plötzlich blieb er an einer Wurzel hängen und strauchelte. Instinktiv suchte er Halt im Geäst. Einer der größeren, allerdings morschen Äste brach mit einem lauten Knacken und Timo entfuhr ein Stöhnen, als er unsanft auf die Knie fiel. In der nächtlichen Stille erschienen ihm die verursachten Geräusche unnatürlich laut. Er unterdrückte weitere Schmerzenslaute, hielt stattdessen den Atem an und lauschte.

Das Gespräch der Männer war verstummt. Aus dieser unglücklichen Position konnte er auch nicht sehen, was sie gerade taten. Hatten sie ihn bemerkt? Sein Herz raste, während er aufzustehen versuchte.

Plötzlich hörte er ein Geräusch hinter sich. Hastig versuchte er, sich hochzustemmen, doch er schaffte es nicht mehr.

Kapitel 5

Josefine und Margot hatten beschlossen, die Verwandten am nächsten Morgen ohne vorherige telefonische Ankündigung aufzusuchen. Zum einen befürchtete Margot, dass Nele sie gar nicht empfangen würde, zum anderen hoffte Josefine darauf, dass das Überraschungsmoment womöglich die eine oder andere unbedachte Äußerung zutage fördern könnte, sollte es jemanden geben, der etwas zu verbergen hatte.

„Wen suchen wir zuerst heim?“, erkundigte sich Josefine, sobald sie im Auto saßen.

„Timo, würde ich sagen. Bei ihm sind wir wohl noch am ehesten willkommen. Schließlich hat er mich über Peters Verschwinden informiert.“

„Er kann uns bestimmt auch sagen, wie die Chancen stehen, dass Nele uns ins Haus lässt. Aber vielleicht ist Peter ja auch längst wieder daheim.“

„Denkst du nicht, Timo hätte mich in diesem Falle wieder angerufen?“

Josefine zuckte die Schultern. „Womöglich hat er es in der Aufregung vergessen.“

„Werden wir ja sehen.“ Margot gab Timos Adresse ins Navi ein und fuhr los.

Die Fahrt führte sie an Emdens Stadtrand, wo Margots Neffe in einem idyllisch zwischen Wiesen und Feldern gelegenen Resthof lebte.

„Hoffentlich ist er überhaupt zu Hause. Sollte er um diese Zeit nicht zur Arbeit sein?“ Josefine löste den Sicherheitsgurt.

Margot stieß ein spöttisches Lachen aus. „Das sollte mich sehr wundern. Timo hat schon immer jeden Vorwand genutzt, um nicht im Büro sitzen zu müssen. Ein verschwundener Vater dürfte also Grund genug sein.“

Die Frauen stiegen aus dem Auto und schauten sich um. Eigentlich war das hier ein sehr schönes Anwesen, sah man von dem Gerümpel, bestehend aus alten Autoreifen, kaputten Badewannen und verrostetem landwirtschaftlichem Gerät, das in jeder Ecke herumlag, einmal ab. Auch die Holztüren der Stallgebäude hätten ein wenig Farbe benötigt, das rot geklinkerte Wohnhaus schien jedoch gut in Schuss und auch einigermaßen gepflegt zu sein.

„Sieh mal, Timo scheint Besuch zu haben." Josefine wies auf den vor dem Bauernhaus geparkten BMW mit Münchner Kennzeichen. „Lebt jemand aus eurer Familie in München?"

„Als ich das letzte Mal mit ihnen Kontakt hatte, noch nicht. Da das jedoch schon einige Jahre her ist, könnte es natürlich sein. Gut möglich, dass die Firma jetzt auch ein Büro in München hat."

„Finden wir also heraus, wer Timos Besucher ist." Entschlossen drückte Josefine die Türklingel.

„Franziska!" Erstaunt starrte Margot die Frau an, die ihnen die Tür öffnete.

„Margot? Was, um alles in der Welt, tust du hier?"

„Dasselbe sollte ich dich fragen."

„Mein Sohn wohnt hier. Da ist es doch nicht weiter verwunderlich, dass ich hier bin, oder?"

Margot schlug sich mit der flachen Hand vor die Stirn. „Natürlich!"

Dann lagen sich die beiden Freundinnen in den Armen und beide vergossen Tränen der Wiedersehensfreude.

„Ich hätte den Kontakt nie abreißen lassen dürfen", schluchzte Margot.

„Ich hab mich doch bei dir auch nicht mehr gemeldet", entgegnete Franziska unter Tränen. „Aber ich hatte so ein schlechtes Gewissen, weil du dich wegen mir mit Peter so schlimm gestritten hast. Da habe ich mich nicht mehr getraut …"

„Wir waren beide dumm!"

Als sie sich endlich voneinander lösten, wies Margot auf Josefine, die mit Sir Toby an der Leine ein wenig abseits stand und das Wiedersehen beobachtet hatte. „Du erinnerst dich noch an meine Schwiegermutter?"

„Selbstverständlich!“ Franziska reichte Josefine die Hand. „Josefine! Schön, dich wiederzusehen.“ Sie richtete ihren Blick auf den Mops. „Und, lass mich kurz überlegen, du bist Sir Lancelot.“

Josefine lächelte. „Wie schön, dass du dich noch an Lance erinnerst. Aber nein, das ist Sir Toby. Lancelot ist vor fünf Jahren gestorben. Er war aber auch schon sehr alt, als du ihn kennenlerntest.“

Franziska bückte sich und ließ Toby an ihrer Hand schnuppern, dann streichelte sie ihm kurz über den Kopf. „Dann herzlich willkommen, Sir Toby.“ Sie richtete sich wieder auf. „Kommt rein, kommt rein. Dieses unverhoffte Wiedersehen sollten wir ein wenig feiern.“

Sie folgten Franziska durch einen langen Flur.

„Ist Timo auch hier?“, erkundigte sich Margot.

„Nein, er ist …“ Franziska blieb abrupt in der Küchentür stehen und wandte sich um. Sie schaute ihre Schwägerin betroffen an. „Gott! Ich weiß gar nicht, wie ich es dir sagen soll …“

„Was? Dass Peter verschwunden ist? Timo hat mich angerufen und es mir gesagt. Hat er dir das nicht erzählt? Darum sind wir ja hier.“

Sichtlich erleichtert atmete Franziska auf und setzte ihren Weg in die Küche fort. „Bestimmt hat Timo bei der ganzen Aufregung vergessen, euer Telefonat zu erwähnen. Tee oder Kaffee? Oder lieber etwas Stärkeres?“

„Für mich Kaffee, danke“, antwortete Josefine.

Margot schloss sich an und die beiden nahmen am Küchentisch Platz, während Franziska die Kaffeemaschine anstellte. Sie holte Tassen aus einem Hängeschrank und setzte sich ebenfalls.

„Also ist Peter nicht wieder aufgetaucht?“, fragte Josefine.

Franziska schüttelte den Kopf. „Und niemand hat irgendeine Vorstellung, wo er hingegangen sein könnte.“

Margot betrachtete die Freundin. Sie wirkte blass und angespannt. Vermutlich machte sie sich große Sorgen, auch wenn sie seit Jahren von Peter geschieden war. Immerhin war er der Vater ihres Sohnes.

„Gegangen? Sein Auto ist also noch da?“, hakte Josefine nach.

Franziska schaute die ältere Frau verblüfft an. „Da fragst du mich jetzt was. Das weiß ich gar nicht. Timo hat diesbezüglich nichts erwähnt.“

„Aber was machst du ausgerechnet jetzt hier?“, wollte nun Margot von der Freundin wissen. „Ich vermute, der Wagen vor der Tür ist deiner, und demnach lebst du jetzt in München.“

„Ja, das stimmt. Ich lebe seit zwei Jahren in München. Aber letzte Woche rief Peter an und bat mich, hierherzukommen. Er wolle etwas mit mir besprechen.“

„Und er hat nicht gesagt, was er mit dir besprechen wollte?“

Franziska schüttelte den Kopf. „Er hat lediglich gesagt, es sei sehr wichtig und über alles Weitere würde er lieber persönlich mit mir reden. Allerdings nehme ich an, dass es um den Verkauf der Firma geht.“

„Peter will die Firma verkaufen?!“ Margot riss erstaunt die Augen auf und Josefine wurde hellhörig.

Franziska bemerkte den Blick der ehemaligen Rechtsmedizinerin und grinste. „Ich sehe, was du denkst, Josefine. Und du hast recht damit. Sein Entschluss hat wenig Begeisterung ausgelöst. Peter hat es wohl auf seiner Geburtstagsfeier verkündet und danach brach laut Timo ein Tumult aus.“

„Oh ja, Peters Fünfzigster …“ Margot schaute betroffen auf ihre Hände.

Franziska stand auf, um den Kaffee zu holen. „Ich war auch nicht eingeladen“, versuchte sie, die Schwägerin zu trösten, und schenkte ein. „Peter wollte ohne Anwesenheit der restlichen Familie mit mir sprechen.“

„Für Timo ist ein Verkauf der Firma aber sicher auch nicht gut, oder?“, fragte Josefine vorsichtig.

„Ich nehme an, darum wollte Peter mich sehen, um gemeinsam zu beratschlagen, was mit unserem etwas lebensuntüchtigen Sohn geschehen soll.“

„Was sagt Timo denn überhaupt dazu?“, wollte Margot wissen.

Franziska setzte sich wieder und machte eine wegwerfende Handbewegung. „Du kennst doch deinen Neffen. Immer mit dem Kopf in den Wolken. Er macht sich gar keine Sorgen und geht vermutlich davon aus, dass wir ihn schon nicht fallenlassen.“

Josefine und Margot schauten Franziska erwartungsvoll an. Die Frage, ob die Eltern gedachten, Timo weiter durchzufüttern oder nicht, stand beiden Frauen ins Gesicht geschrieben.

Franziska seufzte und rührte dann Zucker in ihren Kaffee. „Ich weiß es ehrlich gesagt nicht. Inzwischen habe ich die Hoffnung beinahe aufgegeben, dass Timo irgendwann etwas findet, das ihm Freude macht und womit er seinen Lebensunterhalt verdienen kann. Aber er ist doch mein Sohn. Und womöglich ist er ja einfach nur ein Spätzünder. Nicht jeder weiß mit fünfundzwanzig Jahren, wie er sein Leben gestalten will. Da kann ich ihn doch nicht einfach hängenlassen.“

Margot schickte einen stillen Dank in Richtung Himmel, dafür, dass ihre beiden Kinder so großartige, selbstständige Menschen geworden waren.

„Wo ist Timo denn gerade?“, erkundigte sich Josefine.

Franziska hätte gar nicht antworten müssen. Ihrer Miene war ganz klar zu entnehmen, wo sich ihr Sohn aufhielt. „Bei Nele. Er war gestern Abend der Meinung, er müsse seiner Stiefmutter beistehen.“ Sie betonte das Wort ‚Stiefmutter’ ironisch.

Im selben Moment klingelten bei Josefine sämtliche Alarmglocken. „Wie alt ist diese Nele eigentlich genau? Margot hat bisher immer nur erzählt, dass sie deutlich jünger ist.“

Franziska verzog das Gesicht zu einem spöttischen Grinsen. „So alt wie Timo. Oder, besser gesagt, halb so alt wie Peter."

Margot hatte die Frage ihrer Schwiegermutter richtig interpretiert. „Kann es sein, dass da was zwischen Timo und Nele läuft?"

Die Freundin zuckte die Schultern. „Was fragst du mich? Ich lebe in München und habe keine Ahnung, wer in Emden was mit wem am Laufen hat." Dann schien ihr aufzugehen, was Josefine und Margot damit andeuteten. „Ihr wollt doch damit nicht sagen, dass Timo und Nele Peter aus dem Weg geschafft hätten!" Sie schüttelte energisch den Kopf. „Nein, auch wenn Timo und Peter ihre Meinungsverschiedenheiten haben, Timo liebt seinen Vater und sein Vater ihn." Sie seufzte und gab dann zu: „Ja, ich habe gerade geschwindelt. Natürlich weiß ich davon. Nele hat Peter mit Timo betrogen. Soweit ich weiß, ist das auch der Grund dafür, dass Peter die Firma verkauft. Um mehr Zeit für Nele und Oliver zu haben. Ein Neuanfang sozusagen. In der familieneigenen Gerüchteküche kursiert übrigens, Oliver sei Timos Sohn. Aber auf gar keinen Fall würde Timo Peter etwas antun! Und selbst Nele traue ich das nicht zu."

„Glaubst du, Nele würde mit uns reden?"

„Das weiß ich nicht. Wie ihr euch vorstellen könnt, pflege ich schon aufgrund des räumlichen Abstandes keinen sehr engen Kontakt zu ihr. Das müsst ihr schon selbst herausfinden."

„Vielleicht sollten wir dann hinfahren, solange Timo noch bei ihr ist. Bestimmt sind unsere Chancen dann besser."

„Gut möglich." Franziska nickte zustimmend. Dann schaute sie Margot an. „Treffen wir uns denn noch einmal? Ich meine, wo wir doch gerade beide in Emden sind. Es gibt so viel zu erzählen."

„Natürlich. Soweit ich mich erinnere, hatte ich noch kein Handy, als wir uns das letzte Mal sahen. Ich gebe dir meine Nummer. Dann können wir kurzfristig etwas ausmachen."

Nachdem die Freundinnen ihre Mobilnummern ausgetauscht hatten, leerten Josefine und Margot ihre Kaffeetassen und erhoben sich.

Franziska brachte die beiden Frauen zur Tür, wo sie sich verabschiedeten.

Josefine ging mit einem merkwürdigen Gefühl in der Magengegend. Sie hatte Franziska vor Jahren nur wenige Male getroffen und sich schon damals gewundert, warum Margot ausgerechnet sie zur besten Freundin hatte. Irgendetwas hatte sie schon damals an dieser Frau nicht gemocht. Sie hatte etwas nicht greifbar Hinterhältiges an sich. Und auch jetzt war Josefine sicher, dass Franziska Geheimnisse hatte, die sie auch der ehemals besten Freundin nicht anvertraute.

Margot gab nun die Adresse ihres Bruders ins Navigationsgerät ein und fuhr los. Ohne Umwege leitete das Gerät sie zurück in die Stadt, wo Peter mit seiner Familie in einer Jugendstilvilla lebte, die sich unweit der Ferienwohnung der beiden Frauen befand.

Josefine, die sich überall schnell zurechtfand, lachte auf. „Hier hätten wir ja zu Fuß hingehen können."

Margot löste den Sicherheitsgurt und hob die Hände in einer entschuldigenden Geste. „Ich war das letzte Mal vor etlichen Jahren hier und du kennst meinen Orientierungssinn."

Sie stiegen aus, und Josefine gab Sir Toby die Möglichkeit, sein Bein an der Hecke des kleinen Vorgartens zu heben.

Margot war bereits zur Haustür gegangen und klingelte. Eine ihr unbekannte, etwa fünfzigjährige Frau öffnete die Tür. „Sie wünschen?"

„Mein Name ist Margot Brenner und ich bin Peter von Rauhenbergs Schwester."

Offensichtlich war die Frau nicht über Familienzwistigkeiten in Kenntnis gesetzt worden, denn sie riss die Tür sofort weit auf. „Oh! Man hat mir gar nicht gesagt, dass Sie kommen würden. Mein Name ist Maria und ich bin Olivers Kindermädchen. Bitte treten Sie ein."

Josefine nahm Sir Toby auf den Arm und folgte Margot die wenigen Treppenstufen hinauf ins Haus.

„Zurzeit helfe ich auch außerhalb meiner eigentlichen Tätigkeit ein wenig aus“, erklärte Maria und schloss die Tür hinter den Besucherinnen. Sie schaute Margot betroffen an. „Frau von Rauhenberg ist ja nicht mehr sie selbst, seit ihr Mann verschwunden ist. Und wenn wir keine Gäste haben, ist kein weiteres Personal außer mir und der Hauswirtschafterin hier. Wenn Sie einen Moment warten wollen, dann frage ich nach, wo Frau von Rauhenberg Sie empfangen möchte.“

Josefine setzte Sir Toby auf den Boden und hielt die Leine kurz, denn der Mops wollte sich sogleich aufmachen, die neue Umgebung zu erschnüffeln.

„Fehlt nur noch, dass sie Nele als ‚gnädige Frau' bezeichnet“, flüsterte Margot ihr zu, als Maria durch eine hohe, doppelflügelige Tür aus dem weitläufigen Eingangsbereich verschwunden war.

Nur mühsam verbissen sich die beiden Frauen das Lachen, als Maria wieder in der Tür auftauchte und sagte: „Die gnädige Frau lässt bitten.“

Irgendwie gelang es ihnen, sich zusammenzureißen, und sie folgten dem Kindermädchen in ein großes Wohnzimmer.

Eine junge, blonde Frau sprang aus einem Ledersessel auf und kam mit ausgebreiteten Armen auf sie zu. „Margot! Wie lange haben wir uns nicht gesehen?“ Sie schloss die völlig überrumpelte Margot so fest in die Arme, als sei sie eine lang vermisste, enge Freundin. Dann entließ sie die Schwägerin aus der Umarmung und reichte Josefine die Hand. „Sie müssen Frau Doktor Brenner sein. Peter hat mir so viel von Ihnen erzählt.“

Josefine erkundigte sich vorsichtshalber nicht, was Peter über sie erzählt hatte, und schüttelte Nele die Hand. Sie konnte sich allerdings des Eindrucks nicht erwehren, dass Nele sich wirklich über den unerwarteten Besuch zu freuen schien. Davon abgesehen war ihr die lässig mit Jeans und T-Shirt bekleidete Frau sofort sympathisch. Sie warf Margot einen

Seitenblick zu. Das war nicht die aufgetakelte Blondine, als die Margot Nele immer beschrieben hatte.

Eine ebenfalls blonde Frau, etwa in Margots Alter, war vom Sofa aufgestanden. Ganz offensichtlich handelte es sich um Neles Mutter. Die beiden sahen sich sehr ähnlich.

„Meike Dreesen, meine Mutter", stellte Nele die Frau vor.

Nachdem sich alle begrüßt hatten, forderte Nele ihre Gäste auf, Platz zu nehmen, und fügte hinzu: „Maria bringt uns gleich Tee."

„Ich dachte, Timo sei hier", platzte Margot heraus.

„Eigentlich wollte er sich hier mit meinem Mann treffen", antwortete Meike Dreesen. „Sie wollten noch einmal herumfragen, ob irgendjemand Peter gesehen hat. Aber er ist nicht aufgetaucht, darum ist Uwe mit dem Kleinen alleine losgezogen."

„Wir hatten die Information, dass Timo schon seit gestern Abend hier ist", meldete sich Josefine zu Wort.

Nele schaute sie nervös an. „Er war abends kurz hier, ist dann aber wieder weg, nachdem er die Verabredung mit meinem Vater getroffen hatte."

„Ich nehme an, Timo ist in die Firma gefahren, um die Angestellten nach Peter zu befragen", vermutete Meike.

„Also habt ihr nach wie vor nichts von ihm gehört", konstatierte Margot.

Neles Blick wurde ängstlich, als sie den Kopf schüttelte, und ganz offensichtlich kämpfte sie gegen aufsteigende Tränen an.

Meike legte tröstend die Hand auf den Arm ihrer Tochter.

„Können Sie sich denn irgendeinen Grund vorstellen, warum Peter einfach so gegangen sein könnte?", fragte Josefine.

Die junge Frau schluckte und schaute ihr Gegenüber dann offen an. „Können wir nicht ‚Du' sagen? Ich meine, irgendwie sind wir hier doch alle Familie."

Josefine, die ohnehin keine Freundin von Förmlichkeiten war, nickte. „Sehr gerne."

„Danke schön. Nein, ich kann mir nicht vorstellen, warum Peter einfach so verschwinden sollte." Nun traten doch Tränen in Neles Augen und sie stieß hervor: „Ich habe furchtbare Angst, dass ihm etwas zugestoßen ist!“

„Habt ihr denn schon die Krankenhäuser angerufen?“, erkundigte sich Margot.

„Selbstverständlich. Das war das Erste, was wir unternommen haben. Aber leider ohne Erfolg“, antwortete Nele. „Und bei der Polizei sagte man mir, dass sie nicht viel machen können.“

„Ihr vermutet also, dass Peter nicht aus eigenem Antrieb verschwunden ist?“

„Ich weiß nicht, was Timo euch bisher erzählt hat“, ergriff Meike das Wort. „Hat er euch davon berichtet, was Peter plant?“

„Wir haben mit Franziska gesprochen.“

„Oh, richtig. Franziska ist hier. Natürlich seid ihr zuerst zu Timo gefahren und habt sie dort angetroffen“, stellte Nele wenig begeistert fest.

„Weißt du denn, warum Peter Franziska bat, hierherzukommen?“, wollte Josefine wissen.

„Ja, natürlich. Wir besprechen immer alles. Er wollte gemeinsam mit ihr beratschlagen, was nun aus Timo werden soll, wenn die Firma verkauft ist. Peter hatte die Idee, vorzuschlagen, dass Timo vielleicht nach München zieht, wenn wir nicht mehr hier sind.“

„Ihr wollt weggehen?“, fragte Margot überrascht.

„Ach, das hat Franziska euch nicht erzählt?“, unkte Meike.

Nele ignorierte ihre Mutter lächelnd. „Ja, Peter hat für uns ein Segelboot gekauft. Damit wollen wir uns erst einmal die Welt ansehen. So lange, bis Oli zur Schule muss, was aber voraussichtlich nicht in Deutschland sein wird.“

„Hat schon mal jemand auf diesem Segelboot nachgesehen?“, fragte Josefine.

Nele und Meike rissen gleichzeitig verblüfft die Augen auf. Tatsächlich hatte noch niemand an diese so naheliegende Möglichkeit gedacht.

„Wir haben die Yacht erst seit Kurzem“, erklärte Nele hastig. „Darum hat wohl niemand daran gedacht.“

„Aber er bleibt doch nicht drei Tage auf diesem Boot, ohne sich zu melden“, wandte Meike dann allerdings ein. „Außerdem ist sein Auto weg und zum Anleger ist es nicht weit, da wäre er doch zu Fuß hingegangen.“

„Nun, vielleicht wollte er ja noch anderswohin und hat darum das Auto genommen“, schlug Josefine als Erklärung vor. „Und vielleicht ist er dann auf dem Boot gestürzt und konnte sich darum gar nicht melden.“

„Oh mein Gott!“ Nele sprang auf. „Wir sollten sofort nachsehen!“

Maria kam mit dem Tee herein.

„Es tut mir leid, Maria!“, rief Nele aufgeregt. „Wir müssen sofort weg. Josefine hatte eine Idee, wo wir Peter finden können!“

„Dann nichts wie los!“, feuerte Maria sie an.

Kapitel 6

Weiß leuchtete die *Sturmmöwe* am Ende des Anlegers im hellen Licht der hochstehenden Sonne. Sie wartete im Alten Binnenhafen darauf, dass die Reise losging.

Nur wenige Schiffe waren zurzeit hier festgemacht und auch auf dem Wohnmobilparkplatz war noch nicht viel los. Die Ferien begannen erst in einigen Wochen, dann würde es hier sicher anders aussehen.

Obwohl der Weg vom Haus der von Rauhenbergs bis hierher wirklich nicht weit war, hatten sie den Wagen genommen, da es inzwischen recht schwül geworden war, was das Laufen besonders für Josefine anstrengend machte. Margot stellte das Auto kurzerhand auf einem der für Wohnmobile reservierten Plätze ab.

„Siehst du Peters Wagen irgendwo?“, erkundigte sich Margot bei Nele, sobald sie aus dem Auto gestiegen waren.

Nele und Meike ließen ihre Blicke über die wenigen Fahrzeuge schweifen und verneinten dann.

„Aber das heißt ja nicht, dass er nicht auf dem Boot ist.“ Neles Stimme schwankte zwischen Hoffnung und Verzweiflung. „Vielleicht ist er ja … egal … Spekulationen helfen nicht weiter. Lasst uns nachsehen.“ Sie lief die Treppe zum Anleger hinunter.

Die anderen folgten ihr mit schnellen Schritten.

„Mist! Ich habe den Schlüssel vergessen!“, fluchte Nele vernehmlich, als sie sich dem Tor näherten, welches Unbefugten den Zutritt zum Anlegesteg verwehrte.

Trotzdem strebte sie weiter darauf zu und schaute dann suchend zu den beiden anderen Yachten hin, in der Hoffnung, irgendwo an Bord jemanden zu sehen. Doch es schien niemand hier zu sein.

„Ich muss noch mal zurück“, seufzte sie.

Meike war an ihrer Tochter vorbeigelaufen, um versuchsweise am Tor zu rütteln.

„Kommt! Es ist offen!“, rief sie dann und drückte die Metalltür auf.

Erleichtert lief Nele voraus.

„Peter? Bist du hier?!“, rief sie, sprang dann aber, ohne auf eine Antwort zu warten, an Bord.

Meike und Margot folgten ihr.

Josefine blieb stehen. Mit Sir Toby im Schlepptau verzichtete sie darauf, ebenfalls an Bord der *Sturmmöwe* zu gehen. Stattdessen schlenderte sie an der Yacht entlang und bestaunte das elegante, recht große Boot.

„Habt ihr ihn gefunden?“, fragte sie, als Margot wieder aus der Kajüte auftauchte.

„Nein, aber …“ Margot brach ab und fixierte eine Stelle am Bug, auf die sie dann zuging.

„Was aber?“, fragte Josefine ungeduldig.

„Unten sieht es aus, als ob Peter hier war und gleich zurückkommen wollte. Einige Papiere und Landkarten liegen dort, so, als ob er sich schon auf die Reise vorbereiten wollte. Die Kajüte war auch nicht abgeschlossen.“ Sie schaute Josefine an. „Kannst du vielleicht doch mal rüberklettern, wenn Meike Toby festhält und ich dir helfe? Hier ist eine Stelle, die aussieht, als habe jemand versucht, Blut wegzuwischen!“

„Was?!“ Nele war ebenfalls wieder an Deck aufgetaucht und ließ sich von Margot die verdächtige Stelle zeigen.

„Nele, ich nehme an, du verstehst auch etwas vom Segeln?“, fragte Josefine, ohne auf Margots Frage zu reagieren. Ihr Blick war auf das Wasser gerichtet.

„Ja, natürlich. Peter und ich haben uns beim Segeln kennengelernt. Warum?“

„Ist es üblich, dass man den Anker herunterlässt, wenn doch das Boot am Steg festgemacht wurde?“

„Nein. Das ist überflüssig.“

„Und warum wurde dann hier zusätzlich der Anker benutzt?“

Nele drängte sich an Margot vorbei. „Du hast recht. Der Anker ist ausgeworfen.“ Sofort machte sie sich an der

Ankerwinde zu schaffen. „Peter will noch eine elektrische Winsch besorgen, bevor wir starten, aber im Moment muss ich noch kurbeln. Verdammt! Warum geht denn das so schwer?"

Margot war vom Boot heruntergeklettert und stand nun neben ihrer Schwiegermutter. Gemeinsam beobachteten sie, wie die Ankerkette eingeholt wurde.

„Was ist denn das?" Margot trat bis an den Rand des Stegs und wies ins Wasser.

„Das, was ich befürchtet hatte", antwortete Josefine leise, dann rief sie Nele zu: „Hör auf!"

„Warum?", wollte Margot wissen und schaute angestrengt in die leichten Wellen.

„Weil den Rest die Spurensicherung machen sollte."

Nele kurbelte noch ein wenig weiter, dann schaute sie fragend zu Margot und Josefine hin.

Beide Frauen starrten in das dunkle Wasser, wo jetzt knapp unter der Oberfläche ganz eindeutig ein Mensch zu erkennen war. Jemand hatte ihn an die Ankerkette gefesselt.

„Oh mein Gott!", rief Margot aus. „Das ist Peter!"

Josefine nahm ihre Schwiegertochter in den Arm und Margot brach in Tränen aus.

Meike und Nele sprangen auf den Steg.

„Lass sie nicht zum Bug", rief Josefine Meike zu.

Doch die war nicht schnell genug, um ihre Tochter festzuhalten. Mit einem entsetzlichen Schrei brach die junge Frau in die Knie.

Margot löste sich aus Josefines Armen. „Bitte, ruf die Polizei an", schluchzte sie, zog ihre Handtasche von der Schulter und wühlte fahrig darin herum.

Josefine musste zurück zum Auto, wo sie ihre überdimensionierte Handtasche zurückgelassen hatte. Zwar hatte sie das Handy dabei, doch die Visitenkarte, die Lea Meinders ihr gegeben hatte, war noch in der Tasche. Und Josefine war sicher, dass es schneller ging, zum Auto zu laufen, als die verstörte Margot nach ihrer Karte suchen zu lassen, die sich eventuell nicht einmal darin befand. So drückte sie ihrer Schwiegertochter Sir Tobys Leine in die Hand und lief los.

„Moin, Frau Doktor Brenner“, rief Lea Meinders erfreut, nachdem Josefine ihren Namen genannt hatte. „Ist Herr von Rauhenberg wieder aufgetaucht?“

„Buchstäblich. Wir haben Peter gefunden, er hängt tot an der Ankerkette seiner Yacht.“

„Oh mein Gott!“, entfuhr es der Kommissarin. „Entschuldigen Sie meine Wortwahl.“

„Das konnten Sie doch nicht ahnen. Ich dachte nur, ich rufe Sie direkt an und nicht die 110. Es sieht nämlich definitiv nicht nach einem Unfall aus.“

„In Ordnung. Ich werde alles Nötige veranlassen und bin so schnell wie möglich bei Ihnen.“

Josefine beschrieb ihr, wo sie die Yacht finden würde, dann beendeten sie das Gespräch.

Sie beschloss, auch Werner Harms zu informieren, da Lea im Moment sicher anderes im Kopf hatte, als einen nicht zuständigen Kollegen zu benachrichtigen. Und sie hätte es nicht schön gefunden, wenn Werner davon aus der Zeitung erfahren würde.

„Ach du Scheiße!“, entfuhr es dem Hauptkommissar, nachdem Josefine ihm so knapp wie möglich von den Geschehnissen berichtet hatte. „Dann sollte ich dich jetzt vorbereiten.“

„Vorbereiten? Worauf?“

„Also … na ja … Ich weiß nicht, ob du dich noch erinnerst …“, druckste Werner herum.

„Ich bin noch nicht verkalkt, Werner“, erwiderte Josefine ungeduldig. „Ich erinnere mich an das meiste, das nach meinem vierten Lebensjahr geschah. Raus mit der Sprache!“

„Ralf Toben hat mir mal erzählt, dass du bei einer Ermittlung in Wiesmoor mit einer Kollegin aneinandergeraten bist …“

„Ingeborg Hahn“, stieß Josefine hervor.

„Hey, du weißt sogar noch ihren Namen!“

„Sicher. Die vergisst man nicht so schnell. Was ist mit ihr?“

„Sie ist Leas Vorgesetzte."
„Na bravo! Sie wird also die Ermittlung leiten."
„Jo."
„Danke für die Warnung. Bin gespannt, was sie sagt, wenn sie mich sieht."
Werner lachte leise. „Ich auch. Halt mich auf dem Laufenden. Von dir erfahre ich bestimmt mehr als von Kollegin Hahn. Und Lea wird einen Maulkorb verpasst bekommen, wenn Hahn herausfindet, dass ich euch einander vorgestellt habe."
„Ich melde mich, sobald ich irgendetwas erfahre. So, wie ich Frau Hauptkommissarin Hahn kennengelernt habe, könnte es gut sein, dass Lea deine Unterstützung brauchen wird. Sonst sitzt am Ende halb Emden im Knast."
Sie verabschiedeten sich, und Josefine ging zurück zur Yacht, wo Sir Toby einen Freudentanz aufführte, als habe er sein Frauchen seit Wochen nicht mehr gesehen.

Nur kurze Zeit später trafen auf dem Parkplatz die Einsatzkräfte ein.
Josefine erkannte Hauptkommissarin Hahn schon an der kampfbereit wirkenden Körperhaltung, in der sie, allen anderen voran, auf den Anleger zueilte.
Sie grüßte die wartenden Frauen mit einem kurzen Kopfnicken und wandte sich dann sofort dem Wasser zu, wo Peter von Rauhenbergs Leiche nach wie vor dicht unter der Oberfläche an der Ankerkette hing.
Lea begrüßte Josefine und Margot und bekundete leise ihr Beileid.
Ingeborg Hahn winkte die Kriminaltechniker herbei und besprach mit ihnen das weitere Vorgehen.
„Sie werden ein Boot für die Bergung brauchen, nehme ich an", meldete sich Nele mit erstickter Stimme. „Sie können unser Beiboot nehmen, wenn Ihnen das ausreicht."
Hahn wandte sich zu Nele um. „Und Sie sind?"
„Nele von Rauhenberg. Ich bin Peters Frau." Sie brach wieder in Tränen aus.

„Es war sehr klug von Ihnen, nicht selbst zu versuchen, die Leiche zu bergen“, versuchte sich Hahn ungeschickt in einer Mischung aus Trost und Lob.

„Die Idee meiner Schwiegermutter“, erklärte Margot, die sich einigermaßen gefasst hatte, bevor Josefine es verhindern konnte. „Sie war lange Jahre Rechtsmedizinerin.“

Hahn fuhr herum und starrte Josefine an. „Sie?!“ Offensichtlich hatte die Begegnung in Wiesmoor auch bei der Hauptkommissarin einen bleibenden Eindruck hinterlassen.

„Ja, ich. Und bevor Sie mich auf Ihrer Verdächtigenliste notieren – meine Schwiegertochter und ich sind erst gestern Nachmittag hier angekommen. Ich vermute aber, dass Peter bereits am Freitag ermordet wurde. Die Rechtsmedizin wird Ihnen das ja noch bestätigen.“

„Ach, Sie werfen einen Blick ins Wasser und können den Todeszeitpunkt bestimmen, obwohl Sie das Opfer von hier aus nicht einmal richtig erkennen können? Außerdem wissen Sie sofort, dass es sich um einen Mord handelt. Respekt.“

„Das Opfer wurde schon am Samstag als vermisst gemeldet“, sprang Lea Meinders ein. „Die Vermisstenanzeige liegt uns vor.“

Hahn bedachte die Kollegin mit einem nicht zu deutenden Blick. „Aha … Frau Meinders wird Ihre Kontaktdaten aufnehmen, und dann verlassen Sie bitte den Tatort. Wir werden zu gegebener Zeit auf Sie zukommen, um Ihre Aussagen aufzunehmen.“

Josefine dachte kurz darüber nach, auf das Eintreffen der Rechtsmediziner zu warten, in der Hoffnung, dass ihr alter Freund und Kollege Doktor Paul Lessing selbst nach Emden kommen würde, doch die Erfahrung hatte sie gelehrt, dass man so etwas besser nicht mit Kommissarin Hahn diskutierte. Außerdem war es bestimmt besser, später mit Paul zu telefonieren, ohne dass Hahn etwas von diesem Gespräch mitbekäme. Sie konnte sich jedoch nicht verkneifen, darauf hinzuweisen, dass sich der eigentliche Tatort vermutlich an Bord der *Sturmmöwe* befand.

Gefolgt vom grimmigen Blick der Hauptkommissarin, gingen die vier Frauen in Begleitung von Lea Meinders zum Auto zurück.

„Benötigen Sie einen Arzt?“, erkundigte sich Lea mitfühlend bei der immer noch hemmungslos weinenden Nele.

„Sobald wir zu Hause sind, lasse ich unseren Hausarzt kommen“, antwortete Meike.

„Ich habe Werner Harms informiert“, wandte Josefine sich an die junge Kommissarin.

Lea grinste. „Sie kennen meine Chefin also bereits, wenn ich den Wortwechsel von vorhin richtig interpretiere?“

Josefine nickte. „Und ich will bestimmt niemandem zu nahe treten, aber beim letzten Mal gewann ich den Eindruck, dass Frau Hahn eher schnelle Festnahmen als gründliche Ermittlung bevorzugt, von daher …“

„Es ist meine erste Mordermittlung an der Seite von Kollegin Hahn“, bekannte Lea. „Daher kann ich nichts dazu sagen.“

„Das müssen Sie auch nicht. Ich wollte Sie nur darüber informieren, dass Werner Harms im Bilde ist und Sie sich vertrauensvoll an ihn wenden können, sollten Sie das für nötig erachten.“

Die Kommissarin nickte und wandte sich Nele zu. „Wir werden Sie leider später noch mit einigen Fragen belästigen müssen. Wenn Sie alle mir jetzt noch Ihre Kontaktdaten nennen würden?“

Nachdem Lea Meinders Adressen und Telefonnummern notiert hatte, verabschiedeten sie sich.

Josefine drehte sich noch einmal zu Lea um. „Suchen Sie nach Peters Wagen. Er war wohl mit dem Auto unterwegs. Da es nicht hier steht, könnte der Mörder damit geflüchtet sein.“

Inzwischen waren weitere Einsatzwagen eingetroffen und auch Schaulustige kamen nach und nach herbei.

Lea winkte einen der Streifenbeamten zu sich und bat ihn, dafür zu sorgen, dass in den Wohnmobilen und den umliegenden Häusern nach eventuellen Zeugen gesucht wurde. Sie wies auf ein Hausboot, das ein Stück weiter festgemacht war. „Dort bitte auch.“

Der Polizist winkte ab. „Das ist Tammy, die Leseinsel. Dort finden Lesungen verschiedener Autoren statt. Soweit ich weiß, war aber am Freitag keine. Sonst wäre meine Frau bestimmt dort gewesen.“

Ein weiterer Polizeibeamter war hinzugekommen und korrigierte den Kollegen. „Tammy wird aber zeitweise auch an Autoren vermietet. Vermutlich zur Ideenfindung in ostfriesischer Idylle. Wir sollten auf jeden Fall mal anklopfen.“

Die Polizisten machten sich auf den Weg und Lea verabschiedete sich von den vier Frauen, die schnell den Heimweg antraten.

Nele bat Margot und Josefine, noch mit ins Haus zu kommen. „Vielleicht könnt ihr auch hierher umziehen?“, fragte sie leise. „Das Haus ist doch groß genug.“

Margot schaute die junge Frau irritiert an. Sie hatte geglaubt, dass Nele sie hassen würde. Hatte sie doch vor der ganzen Familie keinen Hehl daraus gemacht, was sie von Peters Entscheidung bezüglich der zweiten Frau und von dieser Frau als Person hielt.

Nele interpretierte Margots Schweigen richtig. Sie griff nach der Hand ihrer Schwägerin und hielt sie fest. Wieder traten Tränen in ihre Augen, als sie sagte: „Ich war nie böse auf dich. Franziska war damals deine beste Freundin und du wusstest es nicht besser. Und der einzige Vorwurf, den Peter dir machte, ist die Tatsache, dass du ihn nie seine Gründe für die Trennung von Franziska hast erklären lassen. Du bist einfach nur davon ausgegangen, dass er, typisch Mann, wegen einer Jüngeren sein Gehirn ausschaltete. Aber so war das nicht. Und er hat dich sehr geliebt. Er sagte immer, dass du der einzig vernünftige Mensch seist, den diese Familie je hervorgebracht hat.“

Nun liefen auch wieder Tränen über Margots Wangen. Nele hatte recht. Sie hatte Peter immer nur verurteilt, zugehört hatte sie ihm nie. Dennoch sagte sie: „Unsere Ferienwohnung ist ja nicht weit von hier …“

Josefine unterbrach sie: „Ich rufe Theda an und bitte sie, mit Ursula zu sprechen und unsere Sachen aus der Ferienwohnung zu holen. Mir scheint, ihr habt einigen Redebedarf, und das geht unter einem Dach bestimmt leichter.“

Margot und Nele schenkten Josefine ein tränenverhangenes, aber dankbares Lächeln, was Josefine sofort ein schlechtes Gewissen bescherte. In Wahrheit war die Versöhnung der Frauen für sie im Moment zwar erfreulich, aber eher zweitrangig. Der Umzug ins Haus der von Rauhenbergs konnte allerdings unter Umständen hilfreich sein, Peters Mörder zu ermitteln.

„Nun kommt endlich ins Haus“, forderte Meike die Frauen auf. „Ich brauche dringend einen Tee.“

Während Nele und Margot Meike ins Wohnzimmer begleiteten, blieb Josefine im Flur zurück, um mit Theda zu telefonieren.

Die Freundin versprach, umgehend mit Ursula zu sprechen und danach mit dem Gepäck zum Haus der von Rauhenbergs zu kommen.

Als Josefine nach dem Telefonat ebenfalls ins Wohnzimmer ging, fand sie alle im angrenzenden Esszimmer. Außerdem saß ein ihr unbekannter Mann mit an einem Tisch, an dem problemlos zwölf Leute Platz gefunden hätten. Er erhob sich, kam um den Tisch herum und reichte Josefine die Hand. „Uwe Dreesen, ich bin Neles Vater“, stellte er sich vor. „Es ist furchtbar, dass wir uns unter diesen Umständen kennenlernen.“ Er wies einladend zum Tisch hin.

Josefine folgte der Geste und nahm neben Margot Platz.

Sir Toby rollte sich zwischen den Stühlen zusammen.

Offensichtlich hatte Maria hier gedeckt, nachdem sie vorhin so überstürzt das Haus verlassen hatten. Nun kam das Kindermädchen mit zwei Teekannen herein.

Rasch zückte Uwe Dreesen ein Feuerzeug und zündete die Teelichter in den beiden Stövchen an.

Meike gab Kluntjes in die Tassen und Maria schenkte mit zitternder Hand ein.

„Möchten Sie sich zurückziehen, Maria?“, erkundigte sich Nele mitfühlend.

„Es geht schon. Der Kleine schläft ja jetzt und es ist besser, wenn ich etwas zu tun habe.“ Sie stellte die Kanne ab und brach in Tränen aus.

Nele stand auf und legte der Angestellten tröstend eine Hand auf die Schulter.

„Es ist nur … ich hatte für die Familie gedeckt …“ Maria wurde von heftigem Schluchzen geschüttelt.

Auch über Neles Wangen rollten erneut Tränen. Sanft geleitete sie Maria aus dem Raum.

„Wo ist denn Timo?“, erkundigte sich Margot unruhig. „Ich dachte, er wollte sich mit Ihnen treffen, Herr Dreesen.“

„Bitte, nenn mich Uwe. Wir sind doch Familie“, bat Dreesen. „Ich nehme an, wir haben uns missverstanden und er ist in die Firma gefahren.“

„Vielleicht sollte ihn dann mal jemand anrufen“, schlug Josefine vor. „Es wäre bestimmt besser, jemand aus der Familie würde ihn über den Tod seines Vaters informieren, als wenn es die Polizei tut.“

Nele war zurückgekommen. „Oh mein Gott! Richtig! Timo weiß es ja noch gar nicht!“

Uwe erhob sich. „Das übernehme ich.“

„Sag ihm nur, er soll herkommen“, wies Meike ihren Mann an. „Wir wollen ihm lieber persönlich mitteilen, was geschehen ist.“

„Sollte nicht auch jemand Franziska benachrichtigen?“, fragte Josefine, was ihr einen bitterbösen Blick von Meike einbrachte. „Nun, immerhin ist sie seine Ex-Frau und die Mutter seines Sohnes. Vielleicht sollte sie anwesend sein, wenn Timo vom Tod seines Vaters erfährt.“

Meike hob zum Protest an, doch Uwe fiel ihr ins Wort: „Sie hat recht. Auch wenn Timo ein erwachsener Mann ist, diese

Nachricht wird ihn schwer treffen. Da ist es bestimmt gut, wenn seine Mutter bei ihm ist."

Margot war aufgestanden, um ihr Handy aus der im Flur zurückgelassenen Tasche zu holen. „Ich rufe Franziska an."

„Wer wird denn jetzt das Geschäft führen?", wollte Josefine von Nele wissen. „Wenn ich das alles richtig verstanden habe, dann war der Verkauf der Firma ja noch nicht abgewickelt, richtig?"

Nele ließ sich auf ihren Stuhl fallen und nickte langsam. „Ich nehme an, Bruno wird das übernehmen. Er hat Peter bisher ja auch immer vertreten." Sie zuckte mit den Schultern. „Wie weiter verfahren werden soll, das werden wir wohl erst durch Peters Testament erfahren." Sie schaute Josefine aus geröteten Augen an. „Aber das alles ist mir auch völlig egal. Mein Mann ist tot!" Wieder brach sie in Tränen aus.

„Sie sollte sich ein wenig hinlegen", sagte Josefine zu Meike.

Meike betrachtete ihre weinende Tochter besorgt. „Vielleicht sollte ich wirklich unseren Hausarzt kommen lassen."

„Wozu? Sie ist eine trauernde Frau. Wenn der Arzt ihr jetzt etwas zur Beruhigung gibt, dann wird sie später weinen. Jetzt ist aber deutlich gesünder."

Meike nickte. „Wahrscheinlich hast du recht." Sie stand auf, ging zu Nele und zog sie sanft auf die Beine. „Komm, du solltest dich etwas hinlegen."

Nele nickte und ließ sich aus dem Raum führen.

Margot kam zurück ins Esszimmer. „Franziska wird gleich hier sein", informierte sie ihre Schwiegermutter und nahm wieder Platz. Sie schaute Josefine traurig an. „Was ist da nur geschehen?"

„Ich weiß es nicht, aber wir werden es herausfinden."

Uwe Dreesen kam ebenfalls zurück. Seine Miene drückte äußerste Verwirrung aus. „Ich habe mit Bruno gesprochen. Er hat auch keine Ahnung, wo Timo sein könnte!", stieß er hervor. „Er hat sich nicht in der Firma blicken lassen und niemand weiß, wo er steckt!"

„Setz dich erst einmal und trink einen Schluck Tee“, versuchte Margot, den aufgebrachten Mann zu beschwichtigen. „Franziska kommt hierher. Bestimmt hat Timo sich bei ihr gemeldet.“

Der Blick, mit dem Margot Josefine ansah, strafte ihre eigenen Worte Lüge.

Kapitel 7

An der Haustür wurde Sturm geklingelt.

Da Maria und Nele sich zurückgezogen hatten und die einzige weitere Angestellte die Hauswirtschafterin war, die in der Küche werkelte, ging Uwe Dreesen, um zu öffnen.

Kurz darauf rauschte eine völlig aufgelöste Franziska von Rauhenberg herein. Ohne weiteren Gruß stürzte sie auf Margot zu. „Was ist denn nun genau passiert?"

Meike hatte sich erhoben. „Franziska, bitte nehmen Sie doch erst einmal Platz."

Franziskas Augen sprühten Funken, als sie Meike anschaute. Trotz ihrer Aufregung war ihr nicht entgangen, dass die Mutter der neuen Frau von Rauhenberg es vermieden hatte, sie mit diesem Nachnamen anzusprechen, obwohl allgemein bekannt war, dass Franziska ihren Mädchennamen nicht wieder angenommen hatte.

Auch Margot war das nicht entgangen. Sie legte der Freundin beschwichtigend die Hand auf den Arm. „Sie hat recht. Setz dich erst mal. Denn da gibt es noch mehr."

Franziska folgte Margots Aufforderung und schaute dann die Freundin angstvoll an. „Was gibt es denn noch? Reicht es nicht, dass mein Ex-Mann tot ist? Was ist überhaupt passiert? Ist er mit dieser Midlifecrisis-Karre verunfallt?"

„Den Porsche hat er doch gar nicht mehr", meldete sich Uwe zu Wort.

„Oh, klar, er war ja jetzt der Vorzeigevater. Bestimmt hat er einen Familienvan gekauft."

„Franziska!", versuchte Margot, die Freundin zu bremsen. „Josefine glaubt, dass Peter ermordet wurde."

„Was?! Das kann nicht sein. Wer sollte Peter ermorden wollen?"

„Und das ist noch nicht alles", fuhr Margot unbeirrt fort. „Wir erreichen Timo nicht."

„Blödsinn!", entgegnete Franziska sofort. „Bestimmt sucht er noch überall nach seinem Vater." Sie nahm ihre Handtasche hoch, die sie neben dem Stuhl auf den Boden gestellt hatte, und holte ihr Handy heraus. Rasch rief sie Timos Nummer auf und hielt das Telefon ans Ohr, nur um es wenig später wieder sinken zu lassen. „Nur die Mailbox …“ Mit angsterfülltem Blick schaute sie in die Runde. „Hoffentlich ist ihm nicht auch etwas zugestoßen!“

„Er hat sich also nicht bei dir gemeldet“, stellte Josefine fest.

„Womöglich ist er auf der Flucht …“, sagte Uwe leise. Er hatte Franziskas Auftritt vom Wohnzimmer aus beobachtet, kam jetzt aber ins Esszimmer und nahm ebenfalls am Tisch Platz.

„Du denkst doch nicht ernsthaft, Timo hätte seinen eigenen Vater umgebracht!“, rief Meike aus.

„Nein, selbstverständlich denke ich das nicht. Wenn Timo für den Tod seines Vaters verantwortlich sein sollte, dann kann es sich nur um einen Unfall gehandelt haben. Aber er ist nun mal der Erste, der mir dazu einfällt, da er offenbar verschwunden ist …“

„Warum fällt dir ausgerechnet Timo als Tatverdächtiger ein?“, hakte Margot nach. „Dass wir ihn gerade nicht erreichen, ist doch noch lange kein Grund.“

„Sie hatten Streit, kurz bevor Peter verschwand. Und soviel ich mitbekommen habe, ging es darum, dass Peter sein Testament geändert hat, einen Tag vor diesem denkwürdigen Auftritt anlässlich seines Geburtstages.“

„Ich nehme an, Peter hat sein Testament in den letzten Jahren einige Male geändert.“ Franziska sprach in einem äußerst aggressiven Ton. „Abgesehen davon wusste Timo, dass für ihn in jedem Fall gesorgt sein würde. Um das zu regeln, hat Peter mich ja vermutlich gebeten, herzukommen.“

„Ach ja?“ Uwe hob erstaunt die Augenbrauen. „Davon hat Nele uns ja gar nichts erzählt.“

„Das dürfte euch ja nun auch herzlich wenig angehen“, fuhr Franziska ihn an.

„Mir hat sie es erzählt“, versuchte Meike, ihren Mann zu beschwichtigen, was aber, seinem Gesichtsausdruck nach zu urteilen, genau das Gegenteil bewirkte.

Bevor das Gespräch eskalieren konnte, klingelte es erneut an der Haustür.

„Das wird die Polizei sein“, vermutete Uwe und stand hastig auf.

Kurz darauf drang eine aufgeregte männliche Stimme zu den im Esszimmer Zurückgebliebenen hin, und wenig später stürmte ein etwa fünfzigjähriger Mann mit hochrotem Gesicht herein. Er schaute sich kurz um und fragte dann: „Wo sind Timo und Nele?“

„Nele hat sich hingelegt und Timo ist verschwunden“, antwortete Meike. „Moin Bruno.“

Bruno hatte Margot entdeckt. „Was machst du hier?!“

„Dir auch einen guten Tag, lieber Cousin. Was denkst du wohl, was ich hier mache?“

Uwe war Bruno gefolgt. „Hast du alle informiert?“

Bruno fuhr herum. „Bin ich bescheuert? Was glaubst du, was hier los ist, wenn die hören, dass Peter tot ist? Ich wette, Nele ist gerade jetzt nicht scharf darauf, die komplette Familie hier zu haben. Sind ja eh schon genug Leute hier, wie ich sehe.“

Plötzlich fiel Margot ein, dass sie ihre Eltern noch gar nicht informiert hatte. Wenigstens sie mussten jetzt vom Tod ihres Sohnes erfahren. „Oh mein Gott, meine Eltern!“, rief sie aus und schaute Bruno an. „Wussten sie, dass Peter vermisst wurde?“

„Ja, natürlich. Und die habe ich auch eben angerufen. Es geht schließlich um ihren Sohn und ich konnte ja nicht ahnen, dass die verlorene Tochter hier aufkreuzt“, brummte Bruno. „Sie sind auf dem Weg hierher.“

Margot bedankte sich kleinlaut bei ihrem Cousin und empfahl ihm dann: „Setz dich erst mal hin und atme durch. Du siehst aus, als bekämst du gleich einen Herzinfarkt.“

Bruno nickte, zog sein Jackett aus und warf es achtlos über die Lehne eines freien Stuhls, auf dem er sich dann niederließ.

Hektisch löste er seine Krawatte und riss den obersten Hemdknopf auf.

„Ich bringe dir ein Glas Wasser." Meike war aufgestanden. „Du siehst nicht aus, als hättest du gerne Tee."

„Danke, draußen ist es heiß wie in der Hölle", sagte Bruno und fuhr sich mit einem Taschentuch über die Stirn, auf der sich Schweißperlen gebildet hatten. Als er das Tuch wieder in die Hosentasche steckte, entdeckte er Josefine. „Ach nee, die Frau Doktor Brenner. Wenn's 'ne Leiche gibt, sind die Totengräber nicht weit, was?"

„Bruno!", fuhr Margot ihn an.

„'Tschuldigung. Wenn ich nervös bin, verfalle ich schon mal in alte Muster."

Josefine machte eine wegwerfende Handbewegung. „Kenne ich ja von euch nicht anders und getroffen hat's mich nie. Wenn's dir also weiterhilft – immer raus damit."

Meike kam zurück und stellte ein Glas Wasser vor Bruno hin.

Er nickte ihr dankbar zu, setzte das Glas sofort an die Lippen und leerte es in einem Zug. „Was ist denn nun genau passiert?", wollte er dann wissen. Dabei schaute er Josefine an, war ihm doch bewusst, dass sie, was Todesfälle anbelangte, die kompetenteste Person im Zimmer war.

„Ganz genau kann ich dir das auch noch nicht sagen. Die leitende Ermittlerin hat uns verscheucht, also muss auch ich darauf warten, bis ich etwas aus der Rechtsmedizin erfahren kann. Ich werde heute Nachmittag mit Doktor Lessing telefonieren. Er ist ein guter Freund und Leiter der Rechtsmedizin Oldenburg. Mit Sicherheit kann ich aber bereits jetzt sagen, dass Peter ermordet wurde."

„Ich dachte, ihr hättet den gar nicht aus dem Wasser gezogen." Bruno warf einen Blick über die Schulter zu Uwe hin, der im Türrahmen stehen geblieben war, davon ausgehend, dass es in naher Zukunft erneut klingeln würde. „Zumindest hat Uwe das so erzählt."

Josefine nickte. „Das ist richtig. Dennoch konnte ich erkennen, dass Peter mit Händen und vermutlich auch mit den

Füßen an die Kette des Ankers seiner Yacht gefesselt worden war. Andernfalls wäre sein Körper an die Wasseroberfläche getrieben. Das hat er zweifelsohne nicht selbst machen können. Selbstmord ist also ausgeschlossen, ebenso ein Unfall."

„Warum fesselt man jemanden an eine Ankerkette?" Bruno schaute Josefine fassungslos an.

„Vermutlich, um die Leiche zumindest für einen gewissen Zeitraum zu verstecken. Hätte man Peter einfach nur ins Wasser geworfen, wäre er, wie schon erwähnt, nach einiger Zeit an die Oberfläche getrieben."

„Und warum hätte jemand seine Leiche verstecken wollen?"

Uwe seufzte, als es schon wieder klingelte, und machte sich auf den Weg zur Haustür.

Diesmal kam er tatsächlich mit den beiden Kommissarinnen zurück.

„Das trifft sich ja gut, dass ich Sie hier alle auf einem Haufen vorfinde", freute sich Ingeborg Hahn.

Lea Meinders stellte sich und ihre Chefin vor, Bruno, Uwe und Franziska nannten ihre Namen, die die Oberkommissarin umgehend auf ihrem Block notierte.

„Wo ist die Witwe?", fragte Hahn nach einem Blick in die Runde.

„Müssen Sie meine Tochter unbedingt jetzt sprechen?", wollte Meike wissen. „Sie hat sich hingelegt. Wie Sie sich vorstellen können, geht es ihr nicht gut."

Ingeborg Hahn nickte. „Wir können auch später mit ihr reden und vielleicht ist es auch besser, wenn einer von Ihnen es ihr schonend beibringt. Peter von Rauhenberg ist ermordet worden." Als keine entsetzten Ausrufe folgten, wandte die Hauptkommissarin ihren Blick Josefine zu. „Natürlich, Sie haben Ihre Vermutung schon in die Welt hinausposaunt."

„Sie hätten auch keinen Applaus bekommen, wäre es eine Neuigkeit", gab Josefine zurück. „Und wie Sie sich bestimmt erinnern, waren meine Schwiegertochter, Frau von Rauhenberg und Frau Dreesen ebenfalls anwesend, als ich meinen Verdacht äußerte."

Ingeborg Hahn überging Josefines Kommentar und wandte sich an Bruno von Rauhenberg: „In welchem Verwandtschaftsverhältnis stehen Sie zu dem Verstorbenen? Sind Sie der Bruder?"

Bruno schüttelte den Kopf. „Ich bin ein Cousin."

Hahn hob überrascht die Augenbrauen und schaute Uwe, der nun wieder mit am Tisch saß, dann Meike an. „Sie haben ein so enges Familienverhältnis, dass Sie sofort den Cousin informieren?"

„Wie Ihnen vielleicht bekannt ist, leitete Peter eines der größten Unternehmen hier im Landkreis, Von Rauhenberg Im- und Export. Da ich der stellvertretende Geschäftsführer bin, wurde ich natürlich sofort informiert. Peters Tod ist nicht nur in familiärer Hinsicht eine Katastrophe."

Wenn Bruno erwartet hatte, die Hauptkommissarin mit der Erwähnung des Unternehmens zu beeindrucken, so sah er sich getäuscht. Sie nickte nur nachdenklich und fragte: „Hätte denn jemand einen Vorteil durch Herrn von Rauhenbergs Tod?"

„Natürlich nicht!", empörte sich Bruno. „Peter ist … war das Herz und die Seele der Firma! Und sein unerwarteter Tod stellt uns vor sehr große Probleme."

„Du solltest vielleicht erwähnen, dass Peter die Firma verkaufen wollte und durch seinen Tod eventuell ein großes Problem beseitigt wird", meldete sich Margot zu Wort, was ihr einen bitterbösen Blick des Cousins einbrachte.

„Frau Brenner, richtig?" Hahn richtete ihren Blick auf Margot. „Was haben Sie mit der Familie von Rauhenberg zu tun?"

„Ich bin Peters Schwester."

„Aha. Also gut", sie wandte sich wieder Bruno zu. „Da Sie, Herr von Rauhenberg, es unterließen, mich über den geplanten Verkauf der Firma zu informieren, gehe ich davon aus, dass dieser Verkauf nicht bei allen Betroffenen Begeisterung ausgelöst hat."

„Das ist richtig", gab Bruno zu. „Für mich hätte der Verkauf jedoch keine größeren Auswirkungen gehabt. Peter hatte meinen Verbleib in der Geschäftsführung schon im Vorfeld mit dem potentiellen Käufer abgesprochen, dasselbe gilt für meine Kinder. Auch sie werden … hätten ihre Arbeitsplätze behalten."

„Und ich habe mit der Firma überhaupt nichts zu tun", verkündete Margot rasch.

„Was ist mit Ihnen?" Hahn schaute auf den Notizblock, den Lea ihr zugeschoben hatte, und wandte sich dann Franziska zu. „Sie sind die Ex-Frau des Opfers?"

„Ja, die bin ich. Und auch ich habe nichts mit dem Geschäft zu tun und auch sonst keinen Grund, Peter umzubringen. Hätte ich das gewollt, hätte ich es schon vor Jahren getan."

„So direkt würde ich das nicht sagen", wandte Bruno ein. „Immerhin betrifft es deinen Sohn. Und somit hättest du sehr wohl einen Grund."

„Lass Timo da raus!", fauchte Franziska.

Hahn schaute sich um. „Wo ist Ihr Sohn? Mit dem würde ich auch sehr gerne sprechen."

Ihre Frage wurde von Franziska und Bruno nicht gehört, denn die warfen sich nun gegenseitig Vorwürfe an den Kopf.

„Er scheint verschwunden zu sein", antwortete Josefine stattdessen.

Hahn rollte mit den Augen. „Noch ein von Rauhenberg verschwunden? Wie sähe denn das Motiv …" Sie brach ab, als Franziskas und Brunos Streit lauter und heftiger wurde.

„Herrschaften!", brüllte Lea plötzlich in einer Lautstärke, die die beiden Streithähne verstummen ließ. „Vielleicht haben Sie den Ernst der Lage noch nicht erkannt, aber hier geht es um Mord! Wir sitzen hier nicht, um Ihren Streitereien beizuwohnen, wir suchen einen Mörder!"

Nun war auch Ingeborg Hahn beeindruckt. Niemand hätte geglaubt, dass die eher zierliche Lea Meinders derart stimmgewaltig sein konnte.

„Entschuldigung", sagten Franziska und Bruno wie aus einem Mund.

Bevor die Kommissarin mit der Befragung fortfahren konnte, rief Meike plötzlich: „Nele!“

Alle Blicke richteten sich zur Tür. Dort stand Nele von Rauhenberg, das Gesicht vom Weinen hässlich verschwollen, auf dem Arm den kleinen Oliver. Sie versuchte ein Lächeln, was jedoch gründlich misslang. „Oliver hatte Hunger. Vielleicht möchtet ihr auch etwas essen? Grietje hat Auflauf vorbereitet, den würde sie in den Ofen stellen, wenn ihr hungrig seid.“

„Ich möchte natürlich nicht, dass hier jemand hungern muss“, antwortete Hahn mit spöttischem Unterton. „Doch ich würde gerne die Befragung hier beenden.“

Nele nickte. „Selbstverständlich. Müssen Sie mit mir auch sprechen?“

Ingeborg Hahn fühlte die Blicke der Anwesenden. Sehr gerne hätte sie die Witwe noch heute vernommen, doch angesichts der offensichtlichen Trauer würde sie sich vermutlich den Unmut sämtlicher Zeugen zuziehen, wenn sie der jungen Frau nicht ein wenig Zeit gab. Das würde weitere Vernehmungen nicht erleichtern. Und wenn die Kommissarin sich in einem sicher war, dann darin, dass Nele ihren Mann nicht umgebracht hatte. Darum sagte sie rasch: „Solange die Rechtsmedizin uns noch keine genaue Tatzeit angegeben hat, muss ich nicht unbedingt mit Ihnen sprechen. Später bräuchte ich dann eventuell ein Alibi.“

Wieder nickte Nele. „Danke. Und Mama, du sagst bitte in der Küche Bescheid, wenn ihr etwas essen wollt.“

„Ich bin gleich wieder zurück“, sagte Meike zu Lea, sprang auf, lief zu ihrer Tochter und geleitete sie aus dem Zimmer.

„Wo waren wir stehengeblieben?“, fragte Ingeborg Hahn in den Raum.

„Timo von Rauhenberg“, soufflierte Lea.

„Genau. Der junge Mann ist also angeblich verschwunden, richtig?“

Uwe Dreesen nickte.

„Irgendeine Idee, wo wir ihn finden können?“

„Wenn wir das wüssten, hätten wir ihn dann nicht schon selbst dort gesucht?“, stellte Bruno von Rauhenberg eine Gegenfrage.

„Das weiß ich nicht, Herr von Rauhenberg. Hätten Sie?“

„Wer von Ihnen hat Timo denn wo zum letzten Mal gesehen“, unterbrach Lea das schnippische Geplänkel. So langsam ging ihr das Herumgezicke sämtlicher Beteiligten auf die Nerven.

„Ich nehme an, ich war die Letzte, die meinen Sohn heute Morgen gesehen hat. Er wollte zwar hierher, ist aber wohl nie angekommen“, sagte Franziska.

„So ist es“, meldete sich Uwe zu Wort. „Er war gestern Abend noch kurz hier. Wir wollten uns heute Morgen treffen, um noch einmal nach Peter zu suchen, sollte er in der Zwischenzeit nicht wieder auftauchen. Aber Timo ist nicht gekommen und so bin ich alleine losgegangen.“

„Ich verstehe das also richtig, dass auch Timo nicht glücklich über den Verkauf der Firma war?“, hakte die Hauptkommissarin nach.

Alle senkten betroffen die Blicke, nur Uwe Dreesen antwortete: „Es wäre auf jeden Fall möglich, dass Timos Arbeitsplatz durch einen Verkauf gefährdet würde.“

„Tja, ich würde sagen, wir haben unseren Verdächtigen, und ich werde umgehend die Fahndung einleiten. Hat jemand ein Foto zur Hand?“

„Da wären aber noch einige andere Familienmitglieder, die ein Motiv wegen des Firmenverkaufs hätten“, wandte Lea ein.

„Und bestimmt gibt es auch Angestellte, die nicht zur Familie gehören und die lieber alles beim Alten lassen würden“, fügte Franziska hinzu.

Hahn wedelte ungeduldig mit der Hand. „Um die können wir uns kümmern, sollte Timo von Rauhenberg nicht der Täter sein.“

Franziska sprang auf. „Mein Sohn ist kein Mörder! Ja, Sie sollten nach ihm suchen! Dringend sogar! Aber nicht wegen des Mordes an seinem Vater, sondern weil ihm womöglich auch etwas zugestoßen ist!“

„Das werden wir ja dann sehen. Ist er zu Fuß oder mit einem Fahrzeug unterwegs? In letzterem Falle müssten wir wissen, um welches Fahrzeug es sich handelt, und falls jemand das Kennzeichen kennt, auch das."

Franziska stand da und starrte die Kommissarin an. Dann sank sie zurück auf den Stuhl und sagte mit belegter Stimme: „Er ist mit dem Auto gefahren. Ein blauer Dacia Sandero. Das Kennzeichen weiß ich nicht, aber der Wagen ist auf die Firma zugelassen."

„Kein Problem, das bekommen wir raus", sagte Lea. „Hätten Sie denn ein Foto von Timo?"

Franziska zog die Handtasche, die jetzt an der Stuhllehne hing, auf ihren Schoß und nahm mit zitternden Fingern ihre Brieftasche heraus. Sie fingerte ein Foto daraus hervor, betrachtete es kurz und reichte es dann an Lea weiter. „Bitte, finden Sie ihn!" Die Worte klangen beinahe flehend.

Ingeborg Hahn erhob sich. „Gut, dann war es das fürs Erste. Dennoch möchte ich Sie bitten, sich zu unserer Verfügung zu halten. Vermutlich werden wir noch Fragen haben."

Auch Lea stand auf und verabschiedete sich.

Uwe begleitete die Kommissarinnen zur Tür.

Kapitel 8

Theda hatte ein Stück vom Haus der von Rauhenbergs entfernt parken müssen. Darum nahm sie erst einmal nur die Tasche mit, in der sich Sir Tobys Näpfe sowie die Futterdosen befanden. Bestimmt hatte der Mops schon ordentlich Kohldampf.

So näherte sie sich dem Haus in dem Moment, als die beiden Kommissarinnen aus der Tür traten. Ihr fiel schier die Kinnlade herunter, als sie Ingeborg Hahn erkannte. Auch sie hatte die Begegnung in Wiesmoor noch in deutlicher Erinnerung.

Die Kommissarin schien Theda jedoch gar nicht wahrzunehmen. Sie rauschte einfach an ihr vorbei.

Lea wollte Theda begrüßen, doch die gab ihr mit einer kurzen Geste zu verstehen, dass sie auf gar keinen Fall Hahns Aufmerksamkeit auf sich ziehen wollte.

Die junge Kommissarin grinste und nickte zum Zeichen, dass sie verstanden hatte.

Theda wartete kurz ab, bis die beiden in ihrem Dienstwagen saßen. Erst dann trat sie auf den gepflasterten Weg, der durch den kleinen Vorgarten zum Eingang führte.

Uwe Dreesen, der noch im Türrahmen stand, schaute Theda fragend entgegen.

„Moin, Theda Borchers. Ich bin eine Freundin von Doktor Brenner und bringe ihr ein paar Sachen."

„Ach, richtig. Moin, Uwe Dreesen, Neles Vater. Josefine sagte, dass Sie kommen würden. Treten Sie doch bitte ein."

Theda folgte Uwe ins Esszimmer, wo Sir Toby aufsprang und sie als Erster begrüßte. Er schien zu ahnen, dass sie Abhilfe für seinen knurrenden Magen schaffen würde.

Josefine stellte die Freundin den anderen vor und übernahm dann die von Theda mitgebrachte Tasche.

„Die anderen Sachen sind noch im Auto. Ich musste am Arsch der Welt parken."

„Hauptsache, ich kann Toby füttern. Danke schön. Und mit Ursula ist alles klar? Hast du ihr gesagt, dass ich für die ganze Woche bezahle?“

Theda winkte ab. „Wir haben das ganz einfach geregelt. Ich ziehe in die Ferienwohnung, solange ihr hier seid. Ist ja doch jedes Mal ’ne halbe Stunde zu fahren von Pilsum bis hierher. Und falls ihr meine Hilfe benötigt, bin ich lieber in der Nähe.“ Dass eine Krimiautorin sich niemals eine Gelegenheit entgehen ließ, so dicht an einer Mordermittlung zu sein, behielt sie lieber für sich.

Meike kam zurück, die Hauswirtschafterin Grietje im Schlepptau. „Ich würde sagen, wir essen erst mal etwas. Grietje deckt eben ein.“

„Ich besorge Getränke.“ Uwe verließ das Zimmer.

„Kann ich hier irgendwo meinen Hund füttern?“, erkundigte sich Josefine bei Meike.

„Sicher. Komm doch einfach mit in die Küche. Bestimmt hat der kleine Kerl auch ordentlich Durst.“

Josefine hatte Meike schon eine ganze Weile heimlich beobachtet. Während sie nun darauf warteten, dass Sir Toby Hunger und Durst stillte, sagte sie ohne Umschweife: „Dir scheint der Tod deines Schwiegersohns nicht ganz so nahe zu gehen. Gab es Probleme zwischen ihm und Nele? Oder hattest du selbst Ärger mit ihm?“

Meike betrachtete den Mops dabei, wie er seine Futterschüssel blank leckte. „Ich weine später“, antwortete sie. „Jetzt muss ich für meine Tochter stark sein. Und nein, die beiden hatten keine Probleme. Ganz im Gegenteil. Sie waren sehr glücklich und freuten sich auf das gemeinsame Abenteuer. Und ich hätte mir keinen besseren Schwiegersohn wünschen können.“ Sie hob den Blick und schaute Josefine betreten an. „Das war gelogen. Nele und Peter hatten Probleme, sogar sehr lange Zeit. Doch sie hatten sich ausgesprochen und der Verkauf der Firma sollte ein Neuanfang sein.“

„Fällt dir denn spontan jemand ein, der Peter nach dem Leben getrachtet haben könnte?“

Meike hob die Hände in einer Geste der Ratlosigkeit. „Abgesehen von Timo, den der Verkauf der Firma vermutlich am härtesten getroffen hätte?“

„Ja, abgesehen von Timo.“

„Kurt vielleicht. Er ist nicht der Fleißigsten einer. Für ihn hätte der Verkauf durchaus den Verlust seines Jobs bedeuten können. Aber dass Kurt so weit gehen würde, das kann ich mir nicht vorstellen.“

„Kurt, Brunos Bruder?“

„Genau. Ich hatte auch immer den Eindruck, dass er Peter beneidete und ihm seinen Erfolg missgönnte. Ansonsten weiß ich's nicht. Und der Verkauf beträfe ja nicht nur die Familie. Es gibt ja auch andere Angestellte, die von Peters Gutmütigkeit profitiert haben könnten. Und …“ Sie brach ab und schaute wieder zu Boden.

„Und was?“

„Franziska. Sie ist nicht die großartige Mutter und geschasste Ehefrau, die zu sein sie vorgibt.“ Meike versicherte sich mit einem Blick zur Tür, dass sie nicht eventuell belauscht wurden. „Margot hat ein völlig falsches Bild von ihrer Freundin. Franziska hat immer versucht, Peter zu kontrollieren. Nie hätte sie geglaubt, dass er sich eines Tages von ihr freimacht. Versteh mich nicht falsch. Ich halte sie nicht für eine Mörderin. Aber ich könnte mir durchaus vorstellen, dass sie mehr weiß oder zumindest ahnt, als sie zugibt. Sie hat sich immer in die Belange der Firma eingemischt und ich wette, dass sie durch Timo nach wie vor auf dem Laufenden war.“

Josefine nahm den Futternapf hoch und wusch ihn in der Spüle ab. „Wie wird es denn jetzt weitergehen mit der Firma? Wird sie trotz Peters Tod verkauft werden?“

„Ich nehme es nicht an. Es waren ohnehin alle gegen den Verkauf. Wir müssen abwarten, ob Peter testamentarisch etwas verfügt hat. Auf jeden Fall wird der Verkauf nicht im geplanten Zeitrahmen zustande kommen. Bruno hat den Käufer bestimmt schon informiert.“

Meike schaute Josefine nachdenklich an. „Du glaubst, dass es jemand war, der diesen Verkauf verhindern wollte, richtig?“
„Du doch auch, oder? Und wenn man die zeitlichen Abläufe betrachtet, dann ist das wohl der naheliegendste Gedanke.“
Grietje kam in die Küche und warf einen Blick in den Backofen. „Ich würde jetzt auftragen, wenn’s recht ist.“
„Wir helfen dir gerne dabei.“ Meike nahm Topflappen aus einer Schublade.

Obwohl der Auflauf hervorragend schmeckte, aß niemand mit Appetit.
Nele, die ihren Sohn wieder in Marias Obhut übergeben hatte, saß mit am Tisch. Sie stocherte jedoch nur in ihrem Essen herum und aß kaum einen Bissen.
Sobald Margot und Josefine ihr Besteck zur Seite legten, erhob sie sich. „Wenn ihr mögt, dann zeige ich euch eure Zimmer.“
„Wir müssen rasch noch unsere Sachen aus Thedas Auto holen“, bemerkte Josefine.
„Das kann ich tun“, erbot sich Uwe.
Theda erhob sich ebenfalls und wandte sich Josefine zu. „Hol Tobys Leine. Ich nehme ihn mit, dann kann er sein Beinchen heben.“
Josefine stattete die Freundin mit dem angeleinten Hund und einem Kotbeutel aus, dann folgte sie Nele und Margot die Treppe hinauf.
„Wir haben häufig Familienmitglieder zu Gast“, erklärte Nele. „Darum sind wir …“ Sie brach ab, als ihr auffiel, dass sie ‚wir’ gesagt hatte. Ein Schluchzen entfuhr ihr.
Margot nahm die Hand der Schwägerin. „Ich kann dir gar nicht sagen, wie leid es mir tut.“
Nele flüsterte ein „Danke“, drückte kurz Margots Hand und öffnete dann die Tür des ersten Gästezimmers.
„Ihr hättet es spartanischer einrichten sollen“, sagte Josefine und schaute sich in dem gemütlich eingerichteten, großen

Raum um. „Kein Wunder, dass dauernd Gäste hier sein wollen."

Nele schenkte ihr ein tränenverhangenes Lächeln. „Das war mit ein Grund, warum Peter und ich weg wollten. Diese Familie ist einfach überall." Sie senkte ihre Stimme, als sie fortfuhr: „Und dazu noch meine Eltern …"

„Probleme?", erkundigte sich Margot mitfühlend.

„Zu viel Präsenz auch hier", antwortete Nele. Dann straffte sie die Schultern, ging einige Schritte weiter und öffnete die nächste Tür. „Macht es euch einfach so gemütlich, wie es unter den gegebenen Umständen möglich ist."

Theda und Uwe kamen die Treppe herauf. Uwe trug das Gepäck, Theda schleppte Sir Toby nach oben. Oben angekommen ließ sie den Mops zu Boden, der sofort freudig wedelnd die Beine seines Frauchens umkreiste.

Während Josefine ihren Hund begrüßte, bestaunte Theda ebenfalls die Gästezimmer.

Uwe und Nele ließen die drei Frauen alleine.

„Es gibt sogar in jedem Zimmer ein eigenes Bad!", rief Margot aus.

„Und schaut mal aus dem Fenster. Der Garten ist traumhaft!", fügte Theda hinzu.

Alle drei standen nun an einem der hohen Fenster und betrachteten den kleinen, aber wunderschönen Rosengarten, auf den sie von hier oben einen großartigen Blick hatten.

„Von vorne glaubt man gar nicht, dass sich hinter den Mauern solch ein Kleinod verbirgt", sagte Theda. „Warum will man nur von hier weg?"

Margot stieß ein abfälliges Schnauben aus. „Glaub mir, Theda, wenn dir meine Familie dauernd auf die Pelle rücken würde, dann hielten dich auch das tollste Haus und der schönste Rosengarten nicht."

„Und wie Neles Reaktion eben vermuten lässt, sind die Dreesens auch ein wenig übergriffig", stellte Josefine fest. Sie wandte sich vom Fenster ab und schaute Margot an. „Sollte ich euch jemals auf die Nerven fallen, weil ich zu oft bei euch bin –

bitte sagt mir das! Ich fände es grauenhaft, wenn ihr so über mich sprechen müsstet."

Für einen Moment schaute Margot verwirrt drein, dann lachte sie auf, trat zu Josefine und umarmte sie. „Herrje! Mama! Ich bin überglücklich, dass wir ein so tolles Verhältnis haben. Und ich genieße unsere gemeinsamen Sonn- und Feiertage sehr! Ich verspreche dir aber hoch und heilig, dass ich es dir sagen werde, sollte mir das jemals zu viel werden." Sie drückte Josefine noch einmal an sich und ließ sie dann los. „Also, was unternehmen wir, um den Mörder meines Bruders zu finden?"

Unten läutete die Türklingel.

„Das besprechen wir später", entgegnete Josefine. „Jetzt schauen wir erst mal nach, wer als Nächstes hier aufschlägt. Ich vermute ja mal, dass es deine Eltern sind, Margot."

Margot atmete tief ein. „In Ordnung. Dann lasst uns wieder nach unten gehen."

Sir Toby hatte es sich inzwischen auf seiner Decke gemütlich gemacht, die Josefine neben dem Bett ausgebreitet hatte. Auf Josefines Zuruf hob er nur ein Augenlid und schnaufte unwillig. Ganz offensichtlich war er im Moment nur daran interessiert, ein Verdauungsschläfchen zu halten.

„Dann jammere aber nicht, wenn ich nicht sofort zurückkomme", empfahl Josefine und schloss die Tür.

Dem heraufschallenden Stimmengewirr nach zu urteilen, waren nicht nur Margots Eltern eingetroffen. Im Eingangsbereich wurden rege Diskussionen geführt, die jedoch sofort abbrachen, als Josefine, Margot und Theda auf der Treppe erschienen.

„Margot!", rief Friederike von Rauhenberg aus. „Was tust du hier?"

„Dir auch einen guten Tag, Mutter", antwortete Margot, nahm die letzten Treppenstufen und ging auf ihre Eltern zu.

„Ach, Kind, ich bin ja so glücklich, dich zu sehen! Ich hab ja jetzt nur noch dich!" Schluchzend warf sich Friederike in die Arme ihrer Tochter.

Walter von Rauhenberg schaute Josefine mit versteinerter Miene entgegen.

Josefine vermutete, dass er sich mühsam eine böse Bemerkung verkniff. Sie reichte ihm die Hand und sagte: „Mein Beileid zu eurem Verlust."

Um Walters Mundwinkel zuckte es ein wenig, dann senkte er den Blick und drückte ihre Hand. „Danke schön."

Josefine wollte auch Friederike kondolieren, doch die löste sich von ihrer Tochter und fiel ihr weinend um den Hals, so als wären sie seit Jahren beste Freunde.

Als Friederike sie wieder losließ, erkannte Josefine Brunos Frau Silke und die Kinder Saskia und Thomas. Brunos Bruder Kurt war ebenfalls eingetroffen.

Dazwischen stand Uwe Dreesen und versuchte, alle irgendwie ins Esszimmer weiterzuleiten.

Theda zog Josefine und Margot zur Seite. „Ich verschwinde wieder. Hier hat nur die Familie was zu suchen. Ruft mich an, wenn irgendwas passiert oder ihr meine Hilfe braucht. Ich bin ja nicht weit weg."

Die beiden Frauen bedankten sich überschwänglich bei der Freundin, die dann rasch zur Tür hinausschlüpfte.

Endlich war es Uwe gelungen, sich Gehör zu verschaffen, und sie folgten seiner Bitte, doch ins Esszimmer zu gehen, wo deutlich mehr Platz war als im Flur. Hier gab es weitere lautstarke, von Tränen begleitete Begrüßungen.

Nele stand ein wenig abseits und beobachtete, wie Friederike und Walter, gefolgt von Brunos Frau und Bruder Kurt, Franziska tränen- und wortreich ihr Beileid bekundeten. Nur Saskia und Thomas hatten zuerst Nele kondoliert.

Josefine trat neben die junge Witwe und legte ihr die Hand auf den Rücken. „Nimm es nicht schwer. So sind sie halt."

Nele nickte tapfer und folgte Josefine an den Tisch.

Irgendjemandem war es gelungen, weiteres Personal aufzutreiben, und so blieb es nicht alleine an Grietje hängen, die ungeladenen Gäste mit Getränken zu versorgen.

Als endlich ein wenig Ruhe eingekehrt war und jeder ein Getränk vor sich stehen hatte, räusperte sich Walter von Rauhenberg.

Auch das letzte Flüstern verstummte.

„Ich weiß, dass wir eigentlich jetzt trauern sollten", begann Walter. „Aber wir haben eine Firma zu leiten. Das Glück ganzer Familien, und dabei spreche ich nicht nur von unserer eigenen, sondern auch das der Familien unserer Angestellten ist davon abhängig, wie wir jetzt weiter verfahren."

Zustimmendes Gemurmel seitens der in der Firma Beschäftigten erhob sich.

„Für gewöhnlich dauert eine Testamentseröffnung ja eine Weile", fuhr Walter fort und alle horchten auf. „Darum schlage ich vor, dass ich als Peters Vater die Geschäfte vorerst weiterführe."

Bruno stieß ein ungehaltenes Lachen aus.

„Hast du einen Einwand, Bruno?", erkundigte sich Walter mit hochgezogenen Brauen.

„Einen? Du hast doch überhaupt keine Ahnung vom Geschäft. Ich bin der stellvertretende Geschäftsführer, also sollte ich auch die Firma leiten."

„Mein lieber Bruno", entgegnete Walter herablassend. „Es ist davon auszugehen, dass ich die Firma erben werde, also kann ich auch sofort übernehmen."

Aufgebrachtes Tuscheln erhob sich rund um den Tisch.

„Wie kommst du denn darauf?", entfuhr es Josefine.

„Du hast doch gar nichts dazu zu sagen!", herrschte Walter sie an.

„Walter, ich will mich da auch gar nicht einmischen, sondern nur deine Euphorie ein wenig bremsen, bevor du einen völlig sinnlosen Streit vom Zaun brichst. Wir haben in Deutschland nun mal so etwas wie ein Erbrecht. Eltern sind Erben zweiter Ordnung. Es ist also nicht davon auszugehen, dass du die Firma erbst."

Bruno nickte ihr beifällig zu. „Doktor Tappken, unser Notar, hat mich vorhin angerufen. Er möchte schon jetzt Peters

Testament mit uns besprechen, damit ein reibungsloser Ablauf gewährleistet wird. Nele, Timo, Franziska, Margot und ich sollen schnellstmöglich einen Termin mit ihm ausmachen."

„Warum ausgerechnet ihr?", fuhr Kurt auf. „Was ist mit dem Rest der Familie? Und wieso Franziska?"

„Und warum Margot?" Walter von Rauhenberg warf einen irritierten Blick in Richtung seiner Tochter.

„Doktor Tappken hat nur um unsere Anwesenheit gebeten", erklärte Bruno. „Er wird seine Gründe haben."

Wieder entbrannten wilde Diskussionen und jemand zischte das Wort Erbschleicher in Brunos Richtung.

„Warum ich?", flüsterte Margot Josefine zu. „Ich hab doch mit der Firma gar nichts zu schaffen."

Josefine schaute ihre Schwiegertochter ratlos an. „Du wirst dich überraschen lassen müssen."

„Ihr führt euch auf wie eine Horde Vollidioten!", brüllte Franziska plötzlich. „Mein Mann ist tot! Er wurde ermordet! Mein Sohn ist verschwunden! Der Himmel weiß, was ihm zugestoßen ist! Und ihr streitet euch schon übers Erbe? Leichenfledderer!" Sie brach in Tränen aus.

Josefine warf einen Seitenblick auf Nele, die immer blasser geworden war. Ihre Stirn war feucht von Schweiß und sie presste die Lippen fest aufeinander, so, als wolle sie einen Schrei unterdrücken.

Margot war dem Blick ihrer Schwiegermutter gefolgt. „Sie muss hier unbedingt raus, sonst klappt sie noch zusammen."

Während die Familie versuchte, sich bei Franziska zu entschuldigen, standen Josefine und Margot auf. Josefine legte Nele die Hand auf die Schulter und beugte sich zu ihr hinab. „Komm, wir verschwinden von hier." Sie half Nele auf die Beine und unbemerkt vom Rest der Familie verließen sie das Esszimmer.

In der Küche fiel Nele mehr auf einen Stuhl, als dass sie sich setzte.

Rasch holte Margot ihr ein Glas Wasser. „Was ist nur mit Franziska los? Sie spielt sich hier auf, als sei sie die Witwe", schimpfte sie, drückte Nele das Glas in die Hand und nahm ihr gegenüber Platz.

„Am liebsten würde ich Oli nehmen und einfach verschwinden“, sagte Nele leise, nachdem sie getrunken hatte. Offensichtlich hatte sie nicht vor, etwas über Franziska zu sagen.

„Wenn du möchtest, kannst du das. In Thedas Ferienwohnung ist noch ein Zimmer frei“, bot Josefine an.

Nele lächelte dankbar. „Ich versuche, es noch eine Weile auszuhalten. Aber wenn es nicht mehr geht, komme ich gerne auf das Angebot zurück. Ich würde ja aufs Boot gehen, aber das lässt die Polizei bestimmt nicht zu.“

„Wahrscheinlich nicht, aber ich kann es für dich herausfinden.“

„Apropos herausfinden“, sagte Margot plötzlich. „Hast du schon mit Paul telefoniert?“

„Verdammt! Nein! Bei dem ganzen Familienchaos habe ich das glatt vergessen. Hole ich aber sofort nach.“ Josefine zog das Handy aus der Gesäßtasche ihrer Jeans und rief Paul Lessings Nummer auf.

„Ich warte schon auf deinen Anruf, seit Lea Meinders mir erzählte, dass du involviert bist“, sagte der Leiter der Rechtsmedizin Oldenburg nach einer herzlichen Begrüßung. „Margots Bruder, wenn ich das richtig verstanden habe?“

„Ja, das hast du richtig verstanden.“

„Mein herzliches Beileid. Richte das bitte auch Margot aus.“

„Das mache ich, danke. Hast du denn schon was für mich?“

„Nicht wirklich, um ehrlich zu sein. Dass das Opfer ermordet wurde, hast du ja aufgrund der Tatsache, dass man ihn an seinen Anker gefesselt hatte, unschwer selbst erkennen können. Gefesselt war er übrigens mit blauer Polyesterleine, wie man sie vermutlich auf jedem zweiten Boot findet. Den Todeszeitpunkt kann ich nicht besonders eng eingrenzen, da die Leiche relativ lange im Wasser lag. Ich würde mich aber auf Freitagabend beziehungsweise Freitagnacht festlegen.“

„Und die Todesursache? Er hat sich ja wohl nicht einfach an der Kette festbinden lassen."

„Dennoch ist er ertrunken. Ich vermute, ihm wurden K.-o.-Tropfen verabreicht. Die Analyse läuft noch. Je nachdem, wie schnell er nach der Einnahme der Tropfen gestorben ist, lässt sich vielleicht noch etwas nachweisen. Interessant ist dabei – es standen zwei gespülte Gläser auf dem Abtropf der Spüle. Es kann also gut sein, dass er seinen Mörder kannte."

Josefine war überrascht. Sie war davon ausgegangen, dass Peter erstochen oder erschossen worden war. „Was ist mit dem Blut, das Margot an Deck gesehen hat?", fragte sie darum.

„Es handelt sich tatsächlich um Blut, stammt aber definitiv nicht von Peter von Rauhenberg, da der Mann keinerlei Verletzungen aufweist. Ob es genug war, damit die Techniker mehr herausfinden können, kann ich dir nicht sagen."

„Er hat also auch keine Verletzungen, die zeigen, dass er sich gewehrt hat?"

„Nichts dergleichen. Ich gehe davon aus, dass er in völliger Bewusstlosigkeit nichts mitbekommen hat."

„Was für Gläser standen auf der Spüle?", wollte Josefine wissen.

„Whiskygläser. Und bevor du fragst – die Kollegen von der Spurensicherung fanden keinen Alkohol an Bord. Aber Whisky wäre durchaus ein Getränk, mit dem man den leicht salzig-seifigen Geschmack der Tropfen überdecken könnte. Besonders, wenn der Geschädigte kein Whiskykenner ist."

Josefine bedankte sich bei ihrem alten Freund, und Paul versprach, sich zu melden, sollte er noch weitere Hinweise finden.

Nele und Margot beobachteten Josefine gespannt, während sie nachdenklich ihr Handy wegsteckte.

„Paul ist sich ziemlich sicher, dass Peter am Freitagabend beziehungsweise in der Nacht umgebracht wurde. Und er geht davon aus, dass er mit seinem Mörder noch etwas getrunken hat."

„Wie ist er denn gestorben?“, fragte Nele mit bebender Stimme.

„Man hat ihn wahrscheinlich mit K.-o.-Tropfen betäubt und ihn dann an die Kette gebunden, wo er ertrunken ist.“

Wieder liefen Tränen über Neles Gesicht und auch Margot begann zu schluchzen.

„Hat er leiden müssen?“ Nele schaute Josefine aus tränenverhangenen Augen gequält an.

„Ich weiß es nicht. Aber Doktor Lessing geht davon aus, dass Peter völlig bewusstlos war, da er sich offenbar nicht gewehrt hat. Darum denke ich, dass er gar nichts mitbekommen hat.“

Nele stieß vor Erleichterung ein zitterndes Seufzen aus.

„Wie wurden ihm die Tropfen verabreicht?“, wollte Margot wissen.

„Paul vermutet, in einem Glas Whisky. Zumindest haben sie zwei gespülte Whiskygläser auf dem Abtropf gefunden. Jedoch keinen Whisky.“ Josefine wandte sich an Nele: „Sie haben überhaupt keinen Alkohol an Bord gefunden. Hat Peter nicht getrunken?“

„Doch, hin und wieder ein Glas. Aber er bevorzugte Cognac. Ob überhaupt Alkohol an Bord war, weiß ich nicht.“

„Demnach hat er seinen Mörder gekannt“, stellte Margot fest. „Ich meine, wenn er mit ihm getrunken hat. Wahrscheinlich brachte derjenige den Alkohol mit. Dabei erscheint es mir eher nebensächlich, ob nun Whisky oder Cognac in den Gläsern war.“

„Aber würde es nicht einen wirklich kräftigen Menschen erfordern, um Peter von der Kajüte ins Wasser zu befördern und dann noch unter Wasser festzubinden?“, fragte Nele.

Josefine nickte nachdenklich. Auch sie beschäftigte dieser Gedanke.

„Und Timo ist jetzt nicht gerade Mister Universum“, gab Margot zu bedenken.

„Ich würde auch fast annehmen, dass es zwei Täter braucht, um das zu bewerkstelligen“, sagte Josefine dann.

Nele wischte sich energisch mit den Handballen die Tränen aus den Augen. „Helft ihr mir dabei, Timo zu finden? So, wie es aussieht, kann Timo Peter nicht umgebracht haben. Das habe ich ohnehin nie geglaubt. Aber ich mache mir furchtbare Sorgen um ihn!"

„Weißt du, welche Immobilien zur Firma gehören?", erkundigte sich Margot bei Nele.

Die machte eine vage Handbewegung. „Das Hauptgebäude mit den Lagerhallen und dann gibt es noch den ehemaligen Bauernhof, auf dem Peter damals angefangen hat. Es gibt außerdem noch einige andere Objekte, die der Firma gehören, dazu müssten wir aber mit dem Notar sprechen. Aber vielleicht sollten wir uns zumindest bei den beiden Firmengebäuden einmal umsehen? Ich kann hier nicht einfach weiter rumsitzen."

„Das sollten wir tun." Margot nickte zustimmend. „Ich hoffe mal, dass die liebe Familie nach dem Abendessen von hier verschwindet. Dann machen wir uns auf den Weg."

Auch Josefine begeisterte die Idee. „Ich benachrichtige Theda. Acht Augen sehen mehr als sechs."

Kapitel 9

„Ich nehme ihn erst mal mit nach unten", sagte Nele und suchte Spielzeug für ihren Sohn zusammen. „Vielleicht bist du so lieb und gehst Grietje noch ein wenig zur Hand?"

Maria Zimmermann nickte. „Das mache ich doch gerne. Du weißt, dass du dich auf mich verlassen kannst."

Nele schenkte ihr ein dankbares Lächeln und verließ das Kinderzimmer.

Maria schüttelte Olivers Kissen auf und ging dann hinunter in die Küche.

Unten saß die Hauswirtschafterin Grietje Muesinga am Küchentisch und starrte nachdenklich auf die Kaffeetasse, die vor ihr stand.

„Kann ich dir helfen?", erkundigte sich Maria.

Grietje schrak aus ihren Gedanken hoch und schaute die Kollegin verwirrt an. Sie hatte deren Eintreten gar nicht bemerkt. Doch dann schüttelte sie den Kopf. „Danke, das ist lieb von dir, aber es ist so weit alles vorbereitet. Es gibt belegte Brötchen zum Abendessen, die stehen im Kühlschrank. Wahrscheinlich wird sowieso niemand viel Appetit haben. Vom Mittagessen ist auch noch reichlich über. Kannst du dir mitnehmen, wenn du willst."

„Vielleicht mach ich mir später etwas warm. Ich bleibe heute Nacht hier. Es ist einfach unfassbar, was passiert ist." Maria schenkte sich selbst einen Kaffee ein und nahm Grietje gegenüber Platz. „Wer tut nur etwas so Furchtbares?"

Die Hauswirtschafterin schaute das Kindermädchen an und Maria erschrak, als sie sah, wie blass und erschöpft die Kollegin aussah. „Himmel! Du solltest nach Hause gehen. Du bist ja völlig fertig!"

Grietje machte eine wegwerfende Handbewegung. „Was würdest du tun, wenn du einen Verdacht hättest, wer das getan haben könnte?"

Maria riss überrascht die Augen auf. „Hast du einen?!"

„Keine Ahnung … Ich weiß es einfach nicht."

„Jemand aus der Familie?“

Grietje beantwortete die Frage nicht, sondern fragte ihrerseits: „Wenn ich etwas gehört hätte, von dem ich glaube, der Mörder könnte es gesagt haben, sollte ich es der Polizei melden?“

„Wie sicher bist du dir?“

„Na, eben überhaupt nicht sicher. Und stell dir nur vor, aufgrund meines Verdachts würde jemand fälschlich beschuldigt. Den Job hier wäre ich doch los! Und wir wissen beide, dass es ein sehr guter Job ist.“

„Nun, wären die von Rauhenbergs um die Welt gesegelt, hättest du deinen Job doch genauso verloren wie ich, oder?“

„Nein. Zumindest vorerst nicht. Herr von Rauhenberg hatte mit mir darüber gesprochen. Das Haus sollte erst einmal nicht verkauft werden und ich hätte mich weiter darum kümmern sollen.“ Sie grinste ihr Gegenüber an. „Da fällt mir gerade auf – du hättest ein Mordmotiv gehabt.“

Maria lachte auf. „Da mach dir mal keine Sorgen. Nele hat bei sämtlichen Bekannten immer so von mir geschwärmt, ich habe jetzt schon zig Angebote. Nein, nein, ich wäre traurig gewesen, weil ich Nele und Oliver sehr mag, aber einen Grund, Peter deswegen umzubringen, den hatte ich sicher nicht. Abgesehen davon kann ich nicht schwimmen. Wie hätte ich ihn an die Ankerkette knoten sollen? Aber zurück zu deinem Verdacht. Vielleicht sollten wir erst mal Augen und Ohren offen halten. Wenn du noch irgendetwas mitbekommst, das deinen Verdacht erhärtet, solltest du es der Polizei melden. Ansonsten lass die ihren Job machen.“

Beide Frauen fuhren zusammen, als sie ein Geräusch von der Tür her hörten.

„Kann ich irgendwas für Sie tun?“, rief Grietje, bekam jedoch keine Antwort.

Rasch stand Maria auf und lief zur Tür. Doch als sie in den Flur schaute, war dort niemand zu sehen. Sie lachte nervös.

„Da war niemand. Bestimmt haben wir uns das gerade eingebildet."

Grietje runzelte skeptisch die Stirn. „Wir haben uns das beide eingebildet?"

Kapitel 10

Es hatte den Anschein, als habe die Verwandtschaft nicht vor, das Haus irgendwann zu verlassen. Lediglich Brunos Kinder waren schon vor dem Abendessen gegangen.

Erst als Oliver des Hin- und Herreichens zwischen seinen Großeltern überdrüssig geworden war und dies durch anhaltendes, lautes Gebrüll kundtat, erhob sich Franziska mit einem genervten Blick auf ihre Nachfolgerin.

Nele nahm ihr Kind und sagte mit fester Stimme: „Oli muss ins Bett und ich würde mich auch sehr gerne zurückziehen. Es war ein schlimmer Tag und der morgige wird voraussichtlich nicht besser werden. Darum wäre ich euch sehr dankbar, wenn ihr mir jetzt ein wenig Ruhe gönnen würdet."

„Welches Zimmer sollen wir denn nehmen?", erkundigte sich Friederike.

„Keins. Ich bitte euch, anderswo unterzukommen. Gute Nacht." Damit drehte Nele sich abrupt um und verließ mit Oliver auf dem Arm den Raum.

Friederike schnappte nach Luft ob dieser Unverschämtheit, doch Bruno legte ihr beschwichtigend die Hand auf den Arm. „Ich habe meine Gästezimmer vorbereiten lassen. Ihr kommt mit zu mir."

„Was bildet dieses Gör sich ein", schimpfte Walter.

„Du redest von meiner Tochter!", empörte sich Uwe.

„Lasst uns einfach gehen", lenkte Bruno ein. „Heute ist nicht der Tag, an dem wir streiten sollten."

Fast hätte Josefine aufgelacht und auch Margots Mundwinkel zuckten verdächtig. Streit hatte es wahrlich heute schon genug gegeben.

Rasch schickte Josefine eine Nachricht an Theda, dann sagte auch sie gute Nacht und ging mit Margot nach oben.

Nele wartete in Josefines Zimmer auf die beiden. Sie saß auf dem Boden an einen Bettpfosten gelehnt, neben sich Sir Toby, der sich genüsslich kraulen ließ.

„Was ist denn mit deinem Kleinen?“, wollte Margot wissen. „Den kannst du doch nicht alleine lassen und deine Eltern können wir schlecht bitten, oder?“

„Maria hat sich bereit erklärt, über Nacht zu bleiben, um auf ihn aufzupassen. Sie ist eine treue Seele und die Verschwiegenheit in Person. Ich habe ihr erzählt, was wir vorhaben.“

„Gut, dann warten wir jetzt noch, bis deine Eltern sich endlich auch zurückgezogen haben, und dann machen wir uns auf den Weg. Toby muss ohnehin noch mal raus.“

Sie mussten nicht lange warten. Schon wenige Minuten später hörten sie die Holzstufen leise knarren, als Meike und Uwe die Treppe heraufkamen. Dann wurde eine Tür geöffnet und wieder geschlossen.

Nele stand auf und nahm ihre Jacke, die sie auf dem Bett abgelegt hatte. „Ihr solltet auch etwas überziehen. Die Nächte sind noch kühl“, empfahl sie.

Wenig später schlichen sie aus dem Zimmer, die Treppen hinunter und aus dem Haus.

Entgegen Neles Temperaturvorhersage war es nach wie vor sehr schwül und am dunkler werdenden Himmel zuckte Wetterleuchten. Die Jacken würden sie nicht brauchen.

„Da seid ihr ja endlich!“, flüsterte Theda und huschte auf die Frauen zu.

„Warum machen wir eigentlich so ein Geheimnis daraus?“, fragte Margot in normaler Lautstärke. „Außer Neles Eltern ist doch niemand mehr hier.“

„Meine Eltern halten mich immer noch für ein kleines Kind“, seufzte Nele. „Ihr seht ja, sie haben kurzerhand beschlossen, vorübergehend hier einzuziehen, obwohl sie nur ein paar Straßen weiter wohnen. Bestimmt würde mein Vater das, was wir vorhaben, verhindern wollen. Von daher …“

„Ist doch auch egal. Lasst uns fahren.“ Margot ging voran und schloss ihr Auto auf.

Nele nahm auf dem Beifahrersitz Platz, um ihr den Weg zu weisen.

Die Fahrt führte sie ein Stück aus Emden hinaus, in Richtung Rysum. Mit spektakulären Farben senkte sich die Sonne nun ganz zum Horizont und tauchte die Wiesen und Felder für kurze Zeit in dunkelgoldenes Licht.

„So langsam verstehe ich, was dich immer wieder hierherzieht“, sagte Margot und lächelte Josefine über den Rückspiegel zu.

„Vielleicht sollten wir doch noch mal über das Ferienhaus nachdenken“, schlug Josefine mit einem Schmunzeln vor. Als sie das erste Mal nach Ostfriesland gefahren war, hatte sie das unter dem Vorwand getan, ein Ferienhaus für die ganze Familie ansehen zu wollen, was damals auf große Ablehnung der Betroffenen gestoßen war. Inzwischen waren auch Jessica und Jonas bekennende Ostfrieslandfans und Margot schien sich nun ebenfalls dieses Virus einzufangen.

„Dort müssen wir rein.“ Nele wies auf ein Schild am Straßenrand, welches auf die Firma *Von Rauhenberg Im- und Export* hinwies und zum Abbiegen aufforderte. „Wobei ich mir eigentlich nicht vorstellen kann, dass wir Timo hier finden werden. Bestimmt hätte einer der Angestellten Bruno dann Bescheid gesagt.“

„Wie hat Peter das hier genehmigt bekommen?“, wollte Josefine wissen. Zwei große Metallhallen wirkten unschön und deplatziert zwischen den Wiesen und Feldern. Auch der dazugehörige Flachbau des Bürogebäudes verbreitete nicht gerade ostfriesischen Charme.

„Es ist mehr als zwanzig Jahre her. Vielleicht war so etwas damals einfacher“, vermutete Margot.

„Ich habe nie danach gefragt“, gestand Nele.

„Trotzdem hatte ich es mir irgendwie größer vorgestellt“, dachte Josefine laut.

„Die meisten Waren werden ja gar nicht bei uns gelagert. Sie sind schon verkauft, während sie sich auf dem Weg hierher oder ins Ausland befinden, und gehen direkt an den Kunden. Für uns gibt es sie also nur auf dem Papier“, erklärte Nele. „Die Hallen hat Peter gebaut, weil er auch Havariewaren handelt.

Davon wird schon mal ein Teil hier zwischengelagert, wenn er nicht sofort einen Käufer findet."

Margot lenkte den Wagen auf eine heruntergelassene Schranke zu. „Und nun? Ist der Laden bewacht?" Sie warf einen skeptischen Blick auf das Pförtnerhäuschen, in dem das bläuliche Licht eines laufenden Fernsehgerätes flackerte.

„Ich klär das." Schon hatte Nele den Sicherheitsgurt gelöst und sprang aus dem Auto.

Ein breitschultriger Mann, der Nele deutlich überragte, trat aus dem Pförtnerhaus. Er senkte den Kopf und reichte ihr die Hand.

Weiter hinten bellte ein Hund, der jedoch auf einen kurzen Zuruf des Mannes sofort verstummte.

Durch das offene Fahrerfenster konnten die Wageninsassen hören, wie er ihr kondolierte.

Nele bedankte sich und fragte dann: „Herr Fokken, haben Sie Timo irgendwann heute hier gesehen?"

Der Pförtner schüttelte den Kopf. „Nein, mein Dienst fing aber auch erst um achtzehn Uhr an. Ich habe ihn am Freitag zum letzten Mal gesehen."

„War die Polizei schon hier?"

„Ja, heute Nachmittag, um nach Timo zu suchen, hat Abbo gesagt." Er senkte die Stimme, sodass man ihn im Auto kaum noch verstehen konnte. „Hier in der Firma geht das Gerücht, der junge von Rauhenberg habe seinen Vater ermordet und sei jetzt auf der Flucht. Ist da was dran? Ich kann's mir ehrlich gesagt nicht vorstellen."

„Ich auch nicht, Herr Fokken, und darum mache ich mir große Sorgen um Timo. Sind Sie wirklich sicher, dass er hier nicht irgendwo ist?"

„Frau von Rauhenberg, Sie kennen mich. Ich mache meine Rundgänge sehr gründlich. Und was ich nicht finde, findet Ajax." Er wies kurz mit dem Kinn in die Richtung, aus der zuvor das Hundebellen zu hören gewesen war.

„Ja, natürlich. Tut mir leid. Ich wünsche noch einen ruhigen Dienst." Schnell stieg Nele zurück ins Auto.

Pförtner Fokken öffnete die Schranke, damit Margot im Hof wenden konnte.

„Wenn Reemt Fokken sagt, Timo ist nicht hier, dann ist er nicht hier“, verkündete Nele. „Und er hat bei jedem Rundgang seinen Schäferhund dabei. Ajax hätte Timo garantiert aufgespürt, würde er sich hier irgendwo verstecken. Wir sollten zur alten Firma fahren. Dort ist nicht jeden Tag jemand und sie wäre ein deutlich besserer Ort, um eine Weile abzutauchen.“

„Aber der Pförtner hat die Polizei doch bestimmt dort auch schon hingeschickt.“

„Nicht zwangsläufig“, antwortete Nele. „Wenn sie ihn nicht danach gefragt haben, bestimmt nicht. Abbo Smidt, der Pförtner, der Dienst hatte, als die Polizei hier war, ist normalerweise nicht besonders redselig, sondern mehr so der Ostfriese, der sich auf ‚Moin’ und ‚Jo’ beschränkt. Außerdem ist er sehr loyal. Bestimmt waren ihm die Gerüchte auch zu Ohren gekommen, aber solange Timo ihm nicht selbst gesteht, dass er ein Mörder ist, würde er ihn nie verraten, was also auch für ein potentielles Versteck gilt.“

„Also gut, versuchen wir unser Glück“, sagte Margot und bog in die von Nele angegebene Richtung auf die Straße ab.

Nach etwa zwei Minuten Fahrt wies wieder ein Schild auf die Firma von Rauhenberg hin und Margot fuhr rechts in eine schmale Straße.

„Halt an!“, rief Nele plötzlich laut und Margot trat vor lauter Schreck so hart in die Bremse, dass Josefine Sir Toby, der auf ihrem Schoß lag, festhalten musste, damit er nicht herunterrutschte.

„Was ist los?“, wollte Josefine wissen.

„Das würde mich auch interessieren. Da brennt Licht in der Halle.“

Inzwischen war es fast völlig dunkel geworden und die Gebäude der ursprünglichen Firma von Rauhenberg waren nur noch als schwarze Silhouetten zu erkennen. Im größten brannte jedoch Licht und die Frauen konnten einen davor geparkten Kleinlaster sowie einen Geländewagen erkennen.

„Vielleicht eine dringende Lieferung?“, schlug Theda vor.

„Bestimmt nicht“, entgegnete Nele. „Soweit ich weiß, wurde hier schon seit einiger Zeit nichts mehr gelagert.“

„Was machen wir nun?“, wollte Margot wissen.

„Erst mal abwarten, würde ich sagen.“ Josefine beugte sich nach vorne, um das Geschehen durch die Windschutzscheibe besser beobachten zu können.

Dann ging das Licht im Gebäude aus.

„Darf ich euch darauf aufmerksam machen, dass wir hier auf dem Präsentierteller sitzen“, bemerkte Margot.

„Du hast recht! Los, fahr auf die Hauptstraße zurück!“, rief Josefine.

Die Scheinwerfer des Kleinlasters leuchteten auf.

Margot riss den Schalthebel in den Rückwärtsgang, trat auf das Gaspedal und raste rückwärts auf die Hauptstraße zu.

„Frei!“, brüllte Theda und der Wagen schoss um die Kurve.

Hastig schaltete Margot und fuhr nun wieder vorwärts Richtung Emden.

„Hier können wir halten!“, rief Nele.

Auch Margot hatte die asphaltierte Weidezufahrt gesehen. Sie fuhr hinein und stellte Scheinwerfer und Motor aus. Hier war es dunkel, da es keine Straßenlaterne in der Nähe gab. Ein vorbeifahrendes Fahrzeug würde sie nicht bemerken.

Rasch stiegen die Frauen aus dem Auto und schauten zurück zum alten Firmengebäude.

Gerade bog der Kleinlaster auf die Hauptstraße ab und fuhr in ihre Richtung.

Angespannt fixierten sie das näher kommende Fahrzeug, in der Hoffnung, das Kennzeichen erkennen zu können.

„München!“, rief Josefine, die in der Nähe des Autos geblieben war, damit Sir Toby nicht zu nahe an die Fahrbahn geriet. „Mehr habe ich nicht sehen können.“

„Das dürfte auch egal sein“, sagte Theda. „Es ist ein Mietwagen, der Beschriftung nach zu urteilen. Mit anderen Worten: Das hilft uns nicht weiter.“

Der Geländewagen folgte kurz darauf. Er hatte ein Kennzeichen aus Emden.

„Kennst du den Wagen?“, wollte Josefine von Nele wissen.

„KR, natürlich kenne ich den Wagen. Das ist Kurts Auto“, antwortete Nele verblüfft. „Was tut der hier? Noch dazu um diese Zeit?“

„Lasst uns hinfahren und nachsehen, ob wir etwas finden“, forderte Theda ihre Begleiterinnen auf.

Rasch stiegen sie wieder ins Auto und fuhren zurück zu dem ehemaligen Bauernhof, von dem aus Peter vor zwanzig Jahren seine Firma aufgebaut hatte.

Hier gab es keine Pförtner, allerdings zwei Scheinwerfer, die aufleuchteten, als der Wagen die Bewegungsmelder aktivierte. Nele wies jedoch darauf hin, dass sich kein Haus in direkter Nachbarschaft befand und sie darum kaum Gefahr liefen, entdeckt zu werden.

Theda rüttelte versuchsweise an dem großen Rolltor, welches vorhin offen gewesen war. Nun war es jedoch verschlossen.

Die Fenster der Halle waren viel zu hoch über dem Boden, als dass man hätte hineinschauen können.

„Und nun?“

„Lasst uns erst einmal im Haus nachsehen“, sagte Nele. „Bestimmt versteckt sich Timo nicht in der Halle, sollte er wirklich hier sein.“ Sie stieg aus dem Auto und lief eilig zu dem Haus hinüber, das einstmals das Wohnhaus des Bauernhofes gewesen war.

Die anderen folgten ihr und sahen überrascht, wie Nele ein Schlüsselbund aus ihrer Jacke zog und die Tür aufschloss.

„Warum hast du einen Schlüssel für das Haus?“, wollte Margot wissen.

„Ich … äh … nur so …“ Rasch trat Nele in den Flur und schaltete das Licht ein. „Timo? Bist du hier? Ich bin’s, Nele!“, rief sie die Treppe hinauf.

Alle lauschten mit angehaltenem Atem, doch niemand antwortete.

„Wartet hier, ich sehe oben nach.“ Schon sprang die junge Frau die Treppe hoch.

Doch bereits nach kurzer Zeit kam sie enttäuscht zurück. „Es sieht nicht so aus, als sei er hier gewesen“, informierte sie die anderen, kam wieder herunter und öffnete eine der Türen, die vom Flur abgingen.

Als sie das Licht einschaltete, war zu sehen, dass sich in dem Zimmer ein Büro befand. Nele wandte sich einem Schlüsselbrett zu, das an der Wand über einem Schreibtisch befestigt war. „Es ist kein Schlüssel für das Rolltor da“, stellte sie überrascht fest, nahm aber trotzdem einen Schlüssel vom Haken.

„Es gibt einen Hintereingang“, informierte sie ihre Begleiterinnen.

Nele schloss die Haustür wieder ab, als alle das Haus verlassen hatten, und lief in Richtung Halle voran. Plötzlich blieb sie stehen. „Mist!“, fluchte sie. „Wir hätten an eine Taschenlampe denken sollen. Hintenrum gibt es kein Licht und genau dort müssen wir hin.“

Theda grinste. „Fine?“

„Sofort.“ Josefine drückte der Freundin Tobys Leine in die Hand, ging zurück zum Auto und holte ihre riesige lederne Handtasche aus dem Wagen. Sie wühlte kurz darin herum und förderte dann eine Taschenlampe zutage.

„Es gibt nichts, was sich nicht in dieser Tasche finden lässt“, erklärte Theda auf Neles erstaunten Blick hin.

„Außer vielleicht einen Schlüssel für dieses Tor“, bemerkte Josefine.

„Aber den brauchen wir ja zum Glück nicht. Kommt mit.“

Dem Lichtkegel der Taschenlampe folgend, gingen die vier Frauen um die Halle herum, bis zu einer kleinen Tür.

Nele schloss die Tür auf und trat in die Halle. Wenig später flackerten Neonlampen an der Decke und dann wurde es hell.

Josefine schaltete die Taschenlampe aus und folgte Nele hinein.

„Viel ist hier ja nicht“, stellte Theda fest, als sie die Halle betrat.

Josefine hatte sich jedoch in Bewegung gesetzt und lief nun auf einen unförmigen Haufen aus Abdeckplanen zu.

Die anderen folgten ihr und gemeinsam zerrten sie die Planen zur Seite.

„Das ist Timos Auto!“, rief Nele aus, als die Plastikmassen von dem blauen Dacia herunterrutschten.

„Aber wo ist Timo?“ Margot lief um den Wagen herum und schaute hinein.

„Nichts anfassen“, warnte Josefine. Schon hatte sie ihr Smartphone in der Hand. „Ich rufe Lea Meinders an. Die Polizei soll den Wagen untersuchen.“

„Sollten wir nicht lieber erst einmal mit Kurt sprechen?“ Nele rang die Hände. „Er war hier, Timos Auto ist hier, da wird Kurt doch auch wissen, wo Timo ist.“

„Das mag schon sein, nur hat er bisher geschwiegen. Ich würde also vermuten, dass Kurt etwas mit Timos Verschwinden zu tun hat. Und dann ist es Sache der Polizei.“ Josefine rief Leas Nummer auf.

Nele starrte sie entsetzt an. „Wenn das wahr ist, dann hat Kurt auch Peter …“

„Es sei denn, sie stecken bei dem, was auch immer hier vor sich geht, unter einer Decke und Timo hat sich davongemacht.“

Während Josefine mit Lea Meinders telefonierte, schauten sich die anderen in der fast leeren Halle um. An einer Wand waren etliche Kartons gestapelt, an der anderen stand ein Tisch mit mehreren Computern darauf und zwei Stühlen davor. Außerdem gab es einen Beistelltisch, auf dem eine Kaffeemaschine sowie ein Stapel Pappbecher Platz gefunden hatten.

Theda betrachtete einen der Kartons, fand aber keinerlei Hinweise auf den Inhalt oder die Herkunft. Kurz entschlossen öffnete sie die Kiste. „Gibt's ja nicht!", rief sie aus und zog zwei Handtaschen draus hervor.

„Das sind richtig teure Dinger!" Margot hatte ebenfalls eine Tasche aus dem Karton geholt.

Nele öffnete nun ihrerseits eine Kiste, die lauter kleine Kartons mit dem Logo eines namhaften Schmuckherstellers darauf enthielt.

„Nach Havarieware sieht das aber nicht aus", bemerkte Margot.

„Das kann man eigentlich nie so genau sagen", belehrte Nele. „Da die Sachen ja meist aus verschlossenen Containern stammen, werden häufig nicht einmal die Kartons beschädigt. Aber so hochwertige Ware hätte Peter nicht hier draußen ohne Wachmann gelagert."

Josefine hatte das Telefonat beendet. „Lea wird gleich hier sein. Sie wohnt in Rysum und war schon zu Hause", informierte sie die anderen. „Und was haben wir hier?"

Theda und Nele präsentierten ihre Fundstücke.

Josefine betrachtete eine der Taschen eingehend. Dann schaute sie die anderen an und sagte: „Ich wette, es handelt sich um Fälschungen."

Kapitel 11

Lea Meinders rang mit sich, ob sie nun Ingeborg Hahn aus dem wohlverdienten Feierabend holen oder ob sie lieber erst einmal alleine fahren sollte. Immerhin hatte Josefine nicht von einer Leiche, sondern nur von Timo von Rauhenbergs Auto gesprochen. Womöglich war Hahn sauer, wenn man sie wegen einer solchen Kleinigkeit vom Sofa holte.

Andererseits hatte die Kommissarin sich auf Timo als Hauptverdächtigen quasi festgelegt. Vielleicht würde sie beleidigt sein und sich übergangen fühlen.

Wenn Lea in den wenigen Wochen, die sie nun mit Hahn zusammenarbeitete, eines gelernt hatte, dann, dass die Vorgesetzte sich sehr schnell übergangen fühlte. Und dann war mit ihr nicht gut Kirschen essen.

Sie seufzte. Zu schade, dass Keno Tönjes in den Ruhestand gegangen war. An seiner Seite hatte der Job deutlich mehr Spaß gemacht.

Einem Impuls folgend, steckte sie das Handy in die Jackentasche, ohne Ingeborg Hahn zu informieren, und machte sich auf den Weg.

Josefine stand mit Sir Toby an der Leine wartend im Hof, als Lea dort eintraf.

Die Frauen begrüßten sich und Josefine hob demonstrativ die Taschenlampe. „Ich dachte, ich empfange Sie hier, damit Sie uns auch finden. Für das große Tor haben wir keinen Schlüssel. Und danke, dass Sie alleine gekommen sind." Sie ging voran und führte Lea in die Halle.

Die Kommissarin betrachtete Timos Auto nur kurz. „Darum sollten sich die Kollegen von der Spurensicherung kümmern."

Dann ließ sie sich die Kartons mit den Waren zeigen. „Fälschungen, ganz klar", bestätigte sie Josefines Vermutung. „Ich sollte die Wirtschaftskriminaler und den Zoll informieren." Schon zog sie ihr Handy hervor.

Doch Josefine legte ihr die Hand auf den Arm. „Wie ich Ihnen schon am Telefon sagte, waren vorhin Leute hier, die entweder Waren gebracht oder abgeholt haben. Wenn Sie jetzt das volle Programm hier aufmarschieren lassen, dann sind sie gewarnt. Da noch Waren hier sind, besteht die Möglichkeit, dass sie zurückkommen." Sie wies auf die Computer. „Ich vermute mal, dass die Waren normalerweise von hier aus übers Internet verkauft werden."

Lea nickte. „Aber mir wäre wesentlich wohler, wenn wir ein bisschen Verstärkung hier hätten, sollte heute Nacht noch jemand zurückkommen."

„Ich denke nicht, dass das passieren wird. Wäre nur der Lieferwagen gefahren, hätte ich zugestimmt, aber da noch jemand mit einem PKW dabei war – ich nehme an, das kriminelle Oberhaupt des Ganzen – und derjenige ebenfalls gefahren ist, werden wir heute Abend wohl vor ungebetenem Besuch sicher sein."

„Aber vielleicht wollen sie das Zeug wegschaffen, weil sie wegen Peters Tod nervös geworden sind", gab Margot zu bedenken.

„Ich nehme doch an, dass sie dann mit einem größeren LKW hier aufgekreuzt wären, um gleich alles mitzunehmen."

„Da haben Sie vermutlich recht", stimmte die Kommissarin zu. „Und, irgendeine Idee, wer dahintersteckt?"

„Ich habe Kurts Auto erkannt", sagte Nele.

„Kurt war noch gleich wer? Entschuldigung, ich habe meine Notizen vergessen und bin mit den Verhältnissen Ihrer Familie noch nicht so vertraut."

„Peters Cousin, Brunos Bruder", half Margot weiter.

„Könnten die Brüder zweigleisig gefahren sein? Also, die braven Angestellten geheuchelt und nebenbei noch ein eigenes Geschäft betrieben haben?"

Alle Augen richteten sich auf Nele.

Die zuckte mit den Schultern. „Bruno habe ich immer als sehr loyal eingeschätzt. Ich hätte mir das aber auch bei Kurt nicht vorstellen können."

„Und Timo? Könnte er mit drinstecken."
„Niemals!", antwortete Nele beinahe etwas zu schnell und ihre Augen füllten sich mit Tränen. „Bestimmt ist Timo etwas zugestoßen."
Lea schaute Josefine an. „Vielleicht sollten wir wenigstens mal einen Blick in den Wagen werfen."
Josefine nickte, drückte Theda Tobys Leine in die Hand und ging zu ihrer Handtasche, die sie an einer freien Wand abgestellt hatte. Wenig später hatte sie zwei Paar Latexhandschuhe daraus hervorgezogen. Ein Paar überreichte sie der verblüfften Kommissarin.
„Man weiß nie, was man alles so braucht." Josefine grinste Lea an, streifte die Handschuhe über und ging zum Auto.
„Der Schlüssel steckt", stellte Lea fest und öffnete die Fahrertür.
Rasch hatten sie den Wagen inspiziert, jedoch nichts Verdächtiges oder irgendeinen Hinweis gefunden.
„Es gibt zwei Möglichkeiten", sagte Lea und schlug die Tür des Wagens wieder zu. „Entweder Timo steckt doch mit drin oder aber er hat hier jemanden auf frischer Tat ertappt und wurde dabei erwischt."
Nele stieß ein Wimmern aus und Margot legte ihr tröstend den Arm um die Schultern.
Josefine betrachtete die junge, trauernde Frau kurz. Was war das nur mit ihr und Timo? Dafür, dass sie sich für einen Neuanfang mit Peter entschieden hatte, machte sie sich für Josefines Geschmack deutlich zu viel Sorgen um den gleichaltrigen Stiefsohn. War da doch noch mehr, als sie zugab?
„Ich werde den Laden hier unter Beobachtung stellen lassen, sofern meine Chefin nichts dagegen hat. Aber da sie ohnehin auf Timo von Rauhenberg fixiert ist, werde ich ihr das schon irgendwie verkaufen können." Sie wandte sich an Nele: „Trotzdem würde ich Sie bitten, mir den Schlüssel für diese Halle auszuhändigen. Falls Frau Hahn doch die Kollegen hierherschicken möchte, bräuchten wir keinen

Durchsuchungsbefehl, wenn Sie uns Ihre Genehmigung erteilen und den Schlüssel überlassen."

„Ich habe zwar keine Ahnung, ob ich Ihnen diese Genehmigung überhaupt erteilen darf, aber von mir aus gerne." Nele überreichte Lea den Schlüssel.

„Jetzt sollten wir machen, dass wir hier wegkommen, sollten Sie sich doch irren, was eine Rückkehr des Kurt von Rauhenberg betrifft", forderte die Kommissarin alle zum Gehen auf.

„Ich halte Sie auf dem Laufenden", versprach Lea Josefine. „Wahrscheinlich werden wir ohnehin noch einige Fragen haben."

Margot setzte Theda am Ferienhaus ab, dann fuhr sie zurück zu Neles Haus. Mitternacht war längst vorüber und so wünschten sich alle eine gute Nacht und schlichen in ihre Schlafzimmer hinauf.

Doch Josefine konnte nicht schlafen. Die Tatsache, dass Sir Toby wie ein Walross schnarchte, war da auch nicht hilfreich. Eine Stunde lang wälzte sie sich hin und her, dann warf sie genervt die Bettdecke zur Seite und stand auf.

Der Mops schnarchte friedlich weiter.

Sie beschloss, in die Küche zu gehen und es mit einer warmen Milch als Schlafmittel zu versuchen, schlüpfte in den Morgenmantel und verließ das Zimmer.

Von unten drang ein schwacher Lichtschein herauf.

Leise schlich Josefine die Treppe hinunter. Unten angekommen, lauschte sie. Aus der Küche war leises Schluchzen zu hören.

Nele saß weinend am Küchentisch, vor sich eine Tasse Kaffee, die jedoch nicht mehr dampfte.

Ihr Kopf fuhr hoch, als Josefine sich mit einem leisen Räuspern bemerkbar machte. Hastig wischte sie sich mit dem Taschentuch, welches sie zerknüllt in der Hand gehalten hatte, über die Augen. „Kannst du auch nicht schlafen?", fragte sie mit belegter Stimme.

Josefine trat zu ihr und warf einen Blick auf die Kaffeetasse. „Nein. Und Kaffee wird dir dabei sicher auch nicht helfen.“ Sie nahm die Tasse weg und kippte den Inhalt in den Ausguss. Dann holte sie Milch aus dem Kühlschrank, suchte und fand einen Topf und setzte Milch für beide auf.

Wenig später saßen sie sich gegenüber und nippten an dem heißen Getränk.

„Ich werde das Gefühl nicht los, dass du in Bezug auf Timo etwas verschweigst“, kam Josefine ohne Umschweife auf den Punkt. „Was auch immer das ist – und ich habe da so meine Vermutung –, es ist nicht mein Anliegen, dich für irgendetwas zu verurteilen. Aber alles, was du mir sagen kannst, hilft womöglich weiter, Timo und auch den Mörder deines Mannes zu finden.“

Erneut füllten sich Neles Augen mit Tränen und ihre Hände umklammerten den Becher. „Ich habe Angst, dass es sich dabei um ein und dieselbe Person handelt.“

Josefine nickte. „Das dachte ich mir schon. Ist Oliver Peters oder Timos Kind?“

Nele stieß ein trauriges Lachen aus. „Ich bin mir nicht sicher. Peter wollte es nicht wissen, darum haben wir keinen Vaterschaftstest machen lassen. Aber ich glaube, Oli ist Timos Sohn.“

Sie schwieg eine Weile, doch dann brach es aus ihr heraus: „Ich habe Peter wirklich geliebt! Das musst du mir glauben!“ Etwas leiser fügte sie hinzu: „Aber Timo liebe ich auch.“ Sie hob den Blick und sah Josefine aus tränenverhangenen Augen an. „Ist das möglich? Kann man zwei Männer gleichermaßen lieben?“

„Du tust es, wie es scheint“, antwortete Josefine schlicht.

„Ich bin nicht sicher, ob es wirklich so ist“, entgegnete Nele leise. „Vielleicht habe ich mich nur in Timo verliebt, weil Peter nie Zeit für mich hatte. Anfangs, ja. Aber nach einigen Monaten konzentrierte er sich mehr und mehr wieder auf seine Arbeit. Und Franziska … sie war immer da, immer um ihn herum …“

Josefine runzelte die Stirn. „Franziska? Ich dachte, sie lebt seit einiger Zeit in München?“

„Offiziell ja. Aber sie verbringt deutlich mehr Zeit in Emden als in München. Peter wurde sie einfach nicht los. Er hatte dann doch ein schlechtes Gewissen, weil er sich von ihr scheiden ließ, und war sehr viel rücksichtsvoller, als er hätte sein sollen. Dabei war sie es doch, die ihn betrogen hat!“

„Ach ja?“

Nele nickte. „Sie hatte ein Verhältnis, lange bevor ich Peter kennenlernte. Aber Peter wollte sich damals wegen der Familie nicht von ihr trennen. Und sie war auch viel zu sehr ins Geschäft involviert, als dass er sie so einfach auch aus der Firma werfen konnte. Erst als wir uns kennenlernten und sie anfing, uns regelrecht zu stalken …“

„Weißt du denn, mit wem Franziska dieses Verhältnis hatte oder noch hat?“

„Nicht genau. Darüber schweigt man in dieser Familie. Ich vermute aber, sie hat was mit Kurt.“

„Das lässt natürlich einiges in einem anderen Licht erscheinen. Aber noch mal zurück zu Timo. Peter wusste von eurem Verhältnis?“

„Ja. Er wurde misstrauisch, als ich ihm keine Vorhaltungen mehr machte, dass er zu wenig Zeit für mich hätte. Vielleicht hat Franziska ihn auch mit der Nase drauf gestoßen. Und als ich dann nach zwei Jahren Ehe plötzlich schwanger wurde, obwohl wir von Anfang an ein Kind wollten, da ist er mir irgendwann in die alte Firma gefolgt …“ Nele brach ab und fuhr sich erschöpft mit der Hand über die Augen.

„… und hat euch erwischt“, beendete Josefine den Satz.

„Aber er hat uns beiden verziehen!“, fuhr Nele auf. „Wir sprachen uns aus, ich machte Schluss mit Timo und Peter schlug vor, die Firma zu verkaufen und von hier wegzugehen. Es wäre einfach großartig gewesen! Dann hätte ich auch Timo vergessen können …“

„Und jetzt glaubst du, Timo wollte verhindern, dass ihr fortgeht?“

Wieder nickte Nele nur.
„Dir ist aber schon klar, dass das Blödsinn ist?“
Nele schaute Josefine überrascht an.
„Timo bringt seinen Vater um, weil er mit dir zusammen sein möchte, und verschwindet dann, was übersetzt heißt, dass er sich in höchstem Maße verdächtig macht und damit das Risiko eingeht, dich vielleicht nie wiedersehen zu können? Kann ich mir nicht vorstellen. Timo ist ein Träumer, aber er ist nicht dumm.“
Für einen kurzen Moment trat Erleichterung in Neles Miene, doch wich diese rasch einem angstvollen Blick. „Aber wenn Timo nicht auf der Flucht ist, dann heißt das doch, dass ihm etwas zugestoßen ist!“
Nun war es Josefine, die schwieg.

Kapitel 12

„Ach ja, da fahren Sie einfach mal mitten in der Nacht an einen Tatort, weil eine alte Frau Sie darum bittet, und halten es nicht für nötig, mich zu informieren?“

Hätten Ingeborg Hahns Blicke töten können, wäre von Lea jetzt nur noch ein Häufchen Asche übrig gewesen, denn die Augen der Kommissarin sprühten Funken.

„Ich hielt es auch für eine gute Idee … ich konnte doch nicht ahnen …“, versuchte Lea zerknirscht einen Protest.

Josefine hatte sich geirrt. Die Hehler waren in der Nacht doch noch einmal zurückgekommen und hatten die restliche Ware und auch die Computer geholt. Als die Polizeibeamten, die Hahn nach Leas Bericht umgehend dorthin geschickt hatte, eintrafen, fanden sie in der Halle nur noch Timo von Rauhenbergs Auto vor.

Natürlich hatten die Kriminaltechniker Spuren gefunden und Fingerabdrücke genommen, doch zum einen war Kurt von Rauhenberg nicht polizeilich erfasst, zum anderen war es weder verwerflich noch verwunderlich, wenn diese Fingerabdrücke von ihm wären.

„Durch Ihre Dummheit haben wir nichts! Gar nichts!“, zeterte Hahn munter weiter. „Ganz im Gegenteil ist uns auch noch eine Fälscherbande durch die Lappen gegangen!“

Lea blieb nichts anderes übrig, als die Standpauke über sich ergehen zu lassen, denn schließlich war es nicht zu leugnen, dass sie eindeutig einen Fehler gemacht hatte.

„Aber nun ist es ohnehin nicht mehr zu ändern“, schloss die Hauptkommissarin. „Kommen Sie. Wir fahren zum Notar der von Rauhenbergs. Wir sollten uns erst einmal ein Bild davon machen, wer außer dem Sohn noch ein Tatmotiv haben könnte. Vielleicht haben Sie ja recht und dem Sohn ist tatsächlich etwas zugestoßen. Womöglich aus demselben Grund, aus dem sein Vater nicht mehr lebt.“

„Sie glauben also jetzt auch, dass alles mit dem Verkauf der Firma zu tun haben könnte?“

„Mit dem Verkauf, mit dem Erbe, wegen des Geldes oder aus Rache. Keine Ahnung. Aber ganz offensichtlich steckt eine Menge Geld dahinter. Und viel Geld war schon immer ein beliebtes Mordmotiv. Mein Bauch behauptet jedenfalls nachdrücklich, dass diese Markenbetrugsgeschichte nur ein Nebenschauplatz ist."

Lea war zu demselben Schluss gekommen, wobei sie das Verschwinden Timo von Rauhenbergs doch eher mit dem Handel der gefälschten Waren in Verbindung brachte, wohingegen sie für den Mord an dessen Vater den Verkauf der Firma als Motiv in Betracht zog.

Das herrliche Sommerwetter der letzten Tage war einem grauen Himmel gewichen. Die Temperaturen waren spürbar gesunken und ein böiger Wind ließ die Kommissarinnen frösteln, als sie vor dem Haus, in dem sich das Notariat Tappken befand, aus dem Dienstwagen stiegen. Erste Regentropfen fielen vom Himmel, als sie zur Haustür liefen. Zum Glück wurde ihnen sofort geöffnet, sodass sie noch trocken ins Haus kamen.

Ingeborg Hahn zückte ihren Dienstausweis und hielt ihn der jungen Frau, die ihnen aufgemacht hatte, vor die Nase.

„Oh, ja, Sie hatten angerufen. Doktor Tappken erwartet Sie."

Eine Bürotür wurde geöffnet und ein grauhaariger, untersetzter Mann in den Fünfzigern schaute in den Empfangsbereich. „Polizei?", erkundigte er sich und auf Leas Nicken hin bedeutete er den beiden Frauen, in sein Büro zu kommen.

Er bot den Kommissarinnen Platz an einem Konferenztisch an, wartete höflich, bis sie seiner Einladung gefolgt waren, und setzte sich dann ebenfalls.

„Ich hatte schon gestern mit Ihrem Besuch gerechnet", begann er. „Meiner Meinung nach finden Sie Peter von Rauhenbergs Mörder unter den Mitgliedern der Familie."

„Sie kennen die ganze Familie?", erkundigte sich Hahn.

„Ja, natürlich. Nicht alle beruflich, aber ich war schon bei einigen Festivitäten der von Rauhenbergs zu Gast, da ich Herrn von Rauhenberg betreue, seit er in Emden lebte. So habe ich alle nach und nach kennengelernt."

„Haben Sie denn einen bestimmten Verdacht?", platzte Lea heraus.

Tappken lächelte wissend. „Ich kann Ihnen zumindest sagen, wer das beste Motiv hatte, Peter umzubringen." Ganz offensichtlich gefiel er sich in seiner Rolle als wichtiger Zeuge.

„Immer raus damit", forderte Ingeborg Hahn den Notar auf.

„Sie wissen, dass Peter plante, die Firma zu verkaufen?", erkundigte sich Tappken.

„Ja, ja", antwortete Hahn ungeduldig.

„Nun, Bruno und Kurt von Rauhenberg waren am Freitagnachmittag bei mir. Sie wollten von mir wissen, ob eine Möglichkeit bestünde, den Verkauf zu verhindern, beziehungsweise, die beiden als eventuelle Käufer mit ins Spiel zu bringen."

„Hätten die sich das denn leisten können?"

„Nein, hätten sie nicht, zumindest nicht ohne die Hilfe weiterer Investoren."

„Also sind die Brüder von Rauhenberg unsere besten Tatverdächtigen?", hakte die Hauptkommissarin nach.

Tappken schüttelte den Kopf. „Zu diesem Zeitpunkt war die Sache schon gelaufen. Peter ahnte wohl, was seine Cousins im Schilde führten, und war darum früher als geplant, nämlich am Freitagmorgen, mit dem Käufer hier und die Verträge wurden unterzeichnet. Es gab für Bruno also gar keinen Grund mehr, Peter zu ermorden."

„Also doch Timo von Rauhenberg. Er brachte seinen Vater wegen des Erbes um", vermutete Hahn.

Der Notar hob erstaunt die Augenbrauen. „Timo? Der würde doch niemanden umbringen. Und ganz bestimmt nicht seinen Vater. Nein, nein, Timo ist ein Feingeist, ein Künstler und Träumer. So etwas wie einen Mord bekäme der gar nicht hin."

Selbst Lea wurde langsam ungeduldig und wünschte sich, dass Tappken endlich mal auf den Punkt kam. Darum sagte sie:

„Herr Doktor Tappken, bitte sagen Sie uns doch einfach, wen Sie verdächtigen und warum Sie das tun."

„Entschuldigung. Ja, natürlich. Es ist nur … wissen Sie … ich muss das erst einmal alles verarbeiten."

„Seien Sie so gut und verarbeiten Sie etwas schneller", forderte Hahn ihn auf, was zur Folge hatte, dass er nun kurz kritisch eine Augenbraue hob und sich Lea zuwandte.

„Es ist so", fuhr der Notar fort, „Peter hat am Freitag nicht nur die Verträge unterzeichnet, er ließ mich auch ein neues Testament aufsetzen."

„Aha!" Ingeborg Hahn rückte den Stuhl näher an den Tisch heran. Jetzt schien es interessant zu werden.

„Da es ja nun nicht mehr die Firma zu vererben galt, sondern ein beachtliches Geldvermögen, wurden etliche Erben aus dem Testament gestrichen." Plötzlich zuckte Doktor Tappken leicht zusammen und schaute ein wenig ängstlich drein. „Herrje! Hoffentlich hatte Peter noch die Gelegenheit, Franziska darauf vorzubereiten. Sonst reißt sie mir heute Nachmittag den Kopf ab." Er sprang vom Stuhl hoch, lief mit raschen Schritten zur Tür und riss diese auf. „Hilke! Bring doch bitte Kaffee!", rief er hinaus.

„Für uns nicht, danke!", sagte Lea rasch. Ihre Chefin war auch jetzt schon ohne Kaffee hochexplosiv, da musste man nicht auch noch Öl ins Feuer gießen.

„Nur für mich!", schickte Tappken hinterher.

„Die Exfrau war also im alten Testament noch berücksichtigt?", hakte Hahn nach, sobald der Notar wieder Platz genommen hatte.

„Indirekt. Der Sohn Timo war vom Erbe ausgeschlossen worden, was übersetzt heißt, dass er nur den Pflichtteil, also die Hälfte seines gesetzlichen Erbes, erhalten würde. Peter machte sich Sorgen, dass Timo sonst alles verjubelt. Darum sollte Franziska bis zu Timos dreißigstem Lebensjahr als Testamentsvollstreckerin eingesetzt werden. Das Ganze ist sehr komplex, da eine normale Vermögensfürsorge nicht machbar war, da Timo ja volljährig ist. Franziska wurde zwar trotzdem berücksichtigt, dennoch dürfte ihr das nicht gefallen."

Hahn wedelte ungeduldig mit der Hand. „Ich will keine Vorlesung über Erbrecht, ich möchte von Ihnen wissen, wer jetzt erbt."

Hilke brachte den Kaffee für ihren Chef und die Kommissarinnen mussten sich noch weiter gedulden, bis er Milch und Zucker in das Getränk gegeben hatte. Dann endlich fuhr er fort: „Nun, zum einen die jetzige Ehefrau, Nele von Rauhenberg, und der gemeinsame Sohn Oliver. Außerdem Margot Brenner, Peters Schwester. Peter hat sie zur Testamentsvollstreckerin bestimmt."

„Aber dann hatte niemand einen Grund, Herrn von Rauhenberg zu ermorden", stellte Lea fest. „Niemand hat etwas von seinem Tod."

Der Notar hob ausweichend die Hände. „Sie sind die Ermittler. Ich liefere nur die mir bekannten Fakten."

„Das sehe ich völlig anders, Lea", sagte Hahn und sie sah dabei äußerst zufrieden aus. „Frau Brenner hätte durchaus einen Grund, ihren Bruder umzubringen. Denn sie erhält den Zugriff auf Timos Geld ja nur durch von Rauhenbergs Tod. Andernfalls hätte der es ja wohl selbst weiter verwaltet. Für mich ist das durchaus ein Motiv."

„Aber selbst wenn sie davon gewusst hätte, und davon gehe ich nicht aus, die Brenners sind erst am Sonntagnachmittag hier eingetroffen."

„Nun, es ist keine Weltreise von Düsseldorf nach Emden, oder?", gab der Notar zu bedenken.

„Und wer sagt, dass Herr von Rauhenberg seine Schwester nicht vorab telefonisch informiert hatte?" Hahn erhob sich und reichte Doktor Tappken die Hand. „Vielen Dank. Sie haben uns sehr geholfen."

„Ist es nicht viel wahrscheinlicher, dass von Rauhenberg die kriminellen Machenschaften seines Cousins aufdeckte und darum ermordet wurde?", intervenierte Lea auf dem Weg zum Auto.

„Ach, das ist doch bloß ein kleiner Ganove, der die Möglichkeiten einer Im- und Exportfirma genutzt hat, um ein bisschen Geld nebenbei zu verdienen“, winkte die Hauptkommissarin ab. „Den knöpfen wir uns später vor. Nein, nein, ich hatte schon immer so ein komisches Gefühl bei den Brenners. Ich setze Sie beim Kommissariat ab. Sie telefonieren mit der Staatsanwaltschaft und finden heraus, ob wir genug haben, um die finanzielle Situation der Familie Brenner durchleuchten zu dürfen.“

„Und was machen Sie?“

„Ich knöpfe mir die Damen Brenner persönlich vor.“

Lea rollte mit den Augen und stieg ins Auto. Offenbar war der Zeitpunkt gekommen, ein Telefonat mit Werner Harms zu führen.

Kapitel 13

„Ah, Frau Hahn." Uwe Dreesens Miene zeigte wenig Begeisterung, als er der Kommissarin die Tür öffnete. „Was können wir für Sie tun?"

„Ich möchte mit Margot Brenner sprechen. Wie man mir sagte, wohnt sie jetzt hier."

„Dann treten Sie mal ein." Uwe wies einladend mit der Hand in den Flur und trat von der Tür zurück, um Hahn Platz zu machen. Er nahm ihr die Jacke ab und ging dann voran. „Die Damen sind in der Küche. Sie finden es dort gemütlicher."

Anstelle eines Grußes funkelte Hahn Josefine an. „Sie hielten es nicht für nötig, mich über Ihren Ortswechsel zu informieren?"

Josefine lehnte sich provokant lässig in ihrem Stuhl zurück. „Hätten Sie sich telefonisch angemeldet, hätte ich Sie selbstverständlich darüber informiert. Unsere Mobilnummern haben sich nicht geändert."

„Möchten Sie vielleicht einen Tee?", erkundigte sich Meike.

„Nein, danke", antwortete Hahn ungeduldig. Sie fixierte Margot mit ihrem Blick. „Wie ist es eigentlich finanziell um Ihre Firma bestellt?", fragte die Hauptkommissarin dann endlich.

Margot schaute Hahn verblüfft an. „Unsere Firma? Was hat die denn mit Peters Tod und Timos Verschwinden zu tun?"

„Würden Sie bitte einfach meine Frage beantworten?"

„Na, was denken Sie wohl? Wir haben ein Bestattungsunternehmen in einer Großstadt. Da sterben jeden Tag Menschen. Unsere Firma läuft hervorragend, auch wenn ich dieses Wort in dem Zusammenhang als eher unpassend empfinde. Aber würden Sie mir bitte auch meine Frage beantworten?"

„Dazu sehe ich keine Veranlassung. Wo waren Sie am Freitag zwischen zwanzig und vierundzwanzig Uhr?"

Bei Josefine war der Groschen gefallen. „Ach, lassen Sie mich raten. Sie waren heute Morgen beim Notar. Und Peter hat Margot in seinem Testament berücksichtigt.“

Hahn ignorierte Josefine. „War Ihnen bekannt, dass Sie das Erbe Ihres Neffen verwalten würden?“

Margots Kinnlade fiel herunter und sie starrte die Kommissarin sprachlos an.

„Sie hat seit Jahren nicht mit ihrem Bruder gesprochen. Woher sollte sie also wissen oder auch nur ahnen, dass Peter ihr das anvertraut?“

„Lassen Sie Ihre Schwiegertochter antworten“, reagierte Hahn nun doch, würdigte Josefine aber nach wie vor keines Blickes.

„Ich … ähm … nein … Natürlich habe ich nichts davon gewusst. Und Freitagabend war ich zu Hause. Wo sonst?“

„Gibt es dafür Zeugen?“

„Selbstverständ…“ Margot brach ab und schaute Josefine hilfesuchend an.

„Ich entnehme Ihrer Sprachlosigkeit, dass Sie kein durch Zeugen belegbares Alibi haben.“ Hahn erhob sich. „Margot Brenner, ich nehme Sie vorläufig fest, unter dem dringenden Verdacht, Ihren Bruder, Peter von Rauhenberg, ermordet zu haben.“

Nele und Meike stießen erschrockene Rufe aus.

„Mama!“ Margot griff nach Josefines Hand.

Josefine lachte auf. „Das ist doch nicht Ihr Ernst! Wo ist der Haftbefehl?“

„Den zu bekommen kostet mich einen Anruf. Es besteht Fluchtgefahr.“

„So ein Blödsinn!“, fuhr Josefine auf. „In spätestens einer Stunde ist Margot wieder frei. Das können Sie sich sparen.“

Oliver, der sich bisher in seiner Spielecke ruhig beschäftigt hatte, fing lauthals an zu weinen.

„Wo ist eigentlich Grietje?“, fragte Meike völlig genervt. „Sie sollte längst hier sein. Wahrscheinlich haben wir spätestens heute Mittag wieder das Haus voller Leute und niemand ist hier, der kocht."

Nele stand auf und ging zu ihrem Sohn. „Ich rufe sie gleich an."

Margots Blicke huschten nervös zwischen Hahn und Josefine hin und her.

„Geh erst einmal mit. Ich klär das", sagte Josefine ruhig und stand ebenfalls auf. Sie funkelte die Kommissarin an, die gerade die Handschellen aus ihrer Jackentasche zog. „Wagen Sie es nicht, meiner Tochter Handschellen anzulegen!"

Hahn nickte. „Ich nehme an, Sie leisten keinen Widerstand."

Sobald die Kommissarin mit Margot das Haus verlassen hatte, nahm Josefine ihr Telefon und rief Lea Meinders an.

Lea berichtete ihr, dass sie bereits Werner Harms informiert hatte, der sich nun auf dem Weg nach Emden befand.

Josefine bedankte sich und rief die Nummer ihres Sohnes auf.

Arno fiel aus allen Wolken, als Josefine ihm von den aktuellen Geschehnissen erzählte.

„Und Peter ist wirklich tot?"

„Ich dachte, Margot hätte dir das erzählt."

„Wohlweislich hat sie das unterlassen, weil sie genau wusste, dass ich mich dann sofort ins Auto gesetzt hätte und zu euch gekommen wäre. Das werde ich allerdings umgehend nachholen."

„Arno, du kannst hier im Moment doch sowieso nichts tun. Ich halte dich auf dem Laufenden."

„Unsinn. Ich kann euch doch nicht in so einer Situation alleine lassen. Ich hab noch eine Beerdigung, dann komme ich sofort. Die andere kann Jonas machen."

„Bleib zu Hause. Werner Harms ist auf dem Weg hierher. Er wird uns helfen und alles klären."

Arno seufzte laut. Er schwieg eine Weile, während er darüber nachdachte, was nun am besten zu tun sei, dann sagte er: „Kann Nele euch einen Anwalt empfehlen? Sonst rufe ich Doktor Schneider an."

„Ich frage sie gleich. Aber ich gehe davon aus, dass es einen Familienanwalt gibt. Falls nicht, melde ich mich wieder. Allerdings bin ich sehr sicher, dass Margot keinen Anwalt brauchen wird."

„Dein Wort in Gottes Ohr. Herrje! Wie schaffst du es nur immer wieder, in einen solchen Schlamassel zu geraten?"

„Ja, ich finde es auch unverschämt, dass die Leute immer in meiner Gegenwart ermordet werden", gab Josefine ironisch zurück. „Aber diesmal ist es deine Schuld. Hättest du damals die Tochter vom Bäcker Schulte geheiratet, hätten wir das Problem jetzt nicht."

Trotz seiner Anspannung musste Arno lachen. „Ich bin ja schon still und bleibe zu Hause. Aber bitte, bitte melde dich, sobald du etwas weißt."

„Versprochen."

Nachdem sie sich von ihrem Sohn verabschiedet hatte, rief sie Theda an, die sofort zusagte, Josefine zum Kommissariat zu begleiten.

„Wenn du möchtest, dann passen wir auf Sir Toby auf", bot Nele an. „Den kannst du ja bestimmt nicht mit zur Polizei nehmen. Ich muss ohnehin hierbleiben. Maria hat heute frei, nachdem sie die ganze Nacht hier war, und Grietje erreiche ich nicht."

„Hat sie euch schon häufiger versetzt?"

Nele schüttelte den Kopf. „Grietje ist die Zuverlässigkeit in Person."

„Das ist merkwürdig." Eine Alarmglocke schrillte durch Josefines Gedanken. In Anbetracht der furchtbaren Geschehnisse sollte man auch die Hauswirtschafterin nicht aus den Augen verlieren. „Wir kümmern uns um Grietje, sobald Margot und ich zurück sind. Habt ihr einen Anwalt? Nur für den Fall …"

„Ja, selbstverständlich. Ruf mich an, falls ihr ihn benötigt. Ich kümmere mich dann umgehend darum", antwortete Nele.

„Danke. Dann hole ich jetzt meine Jacke. Theda ist bestimmt gleich hier."

„War denn das wirklich notwendig?“ Lea schaute ihre Chefin missbilligend an.

„Stellen Sie keine dummen Fragen, sondern telefonieren Sie mit dem Richter wegen des Haftbefehls.“

„Den werden wir nicht bekommen, Frau Hahn.“ Lea schüttelte den Kopf und wandte sich dann an Margot. „Kommen Sie, Frau Brenner. Nehmen Sie erst mal Platz. Ich besorge Ihnen einen Tee auf den Schreck. Und dann klären wir die Angelegenheit.“

„Frau Brenner hat kein Alibi für die Tatzeit“, giftete Hahn.

Lea antwortete nicht, sondern verließ das Büro, um den versprochenen Tee zu holen.

Margot nahm auf einem der Besucherstühle vor Leas Schreibtisch Platz.

Lea kam nicht nur mit dem Tee zurück, sondern auch in Begleitung des Ersten Polizeihauptkommissars Johann Terborg, dem Leiter des Kommissariats, und Hauptkommissar Werner Harms. Beide Männer sahen nicht fröhlich aus.

„Was geht hier vor?“, wollte Terborg von Hahn wissen.

„Ich habe eine Tatverdächtige vorläufig festgenommen.“ Das Auftauchen der beiden Männer beeindruckte sie in keiner Weise. Sie war sich ihrer Sache sicher.

Terborg trat zu Margot und reichte ihr die Hand. „Moin Frau Brenner, Terborg mein Name. Ich habe es hier gerade mit einem Haufen aufgescheuchter Kollegen zu tun, die mir in den Ohren liegen, Sie umgehend wieder auf freien Fuß zu setzen. Offenbar haben Sie viele Freunde hier.“

Werner linste um Terborg herum und formte, nur für Margot zu sehen, mit dem Mund die Worte: Ralf Toben.

Margot schossen Tränen in die Augen. Ganz offensichtlich hatte Josefine die Familie informiert und Jessica daraufhin Ralf Toben, der sich anscheinend umgehend mit Johann Terborg in Verbindung gesetzt hatte. Und Werner Harms war auch sofort hier aufgekreuzt.

Lea hatte sich an ihren Platz gesetzt und reichte nun Margot ein Taschentuch. „Um weitere Aufregung zu vermeiden, vielleicht erklären Sie doch kurz, warum Frau Hahn glaubt, Sie hätten kein Alibi für die Tatzeit."

„Weil ich niemanden habe, der bezeugen kann, wo ich war", schluchzte Margot.

„Erzähl uns doch einfach, was du am Freitag gemacht hast", schlug Werner vor.

„Was mischen Sie sich in unsere Vernehmung?", fuhr Hahn ihn an.

Terborg bedeutete ihr jedoch mit einer Geste seiner Hand, zu schweigen.

„Na, den Nachmittag und den frühen Abend habe ich in der Stadt verbracht und als ich wieder nach Hause kam, war Arno schon weg, weil er freitagabends zum Kegeln geht. Er kam erst nach Mitternacht zurück. Die genaue Uhrzeit weiß ich aber auch nicht, da ich schon im Bett lag."

„Haben Sie in der Stadt irgendetwas gekauft?", fragte Lea.

Margots Kopf fuhr in Leas Richtung und sie starrte die Kommissarin entgeistert an. Dann schlug sie sich mit der Hand an die Stirn und lachte auf. „Aber natürlich! Ich Idiot!" Hastig öffnete sie ihre Handtasche, die auf ihrem Schoß lag, und wühlte die Brieftasche daraus hervor. Nach einer kurzen Suche zog sie einen Kassenbon heraus und hielt ihn Lea entgegen.

Die grinste breit, als sie verkündete: „Der Bon ist von Karstadt in Düsseldorf. Bezahlt wurde eine Bluse, und zwar am Freitag um neunzehn Uhr achtundzwanzig. Ich denke, das dürfte als Alibi ausreichen. Frau Brenner wird ja wohl kaum erst in Ruhe eingekauft haben und dann nach Emden gerast sein, um ihren Bruder zu ermorden."

„Den hätte sie mir ja auch gleich zeigen können!", fauchte Hahn.

„Das hätte ich sicher noch getan, hätten Sie mich nicht so überfallen", gab Margot zurück. „Kann ich dann bitte jetzt gehen?"

„Selbstverständlich", sagte Johann Terborg rasch.

Hahn riss die Tür auf und stürmte aus dem Büro.

„Komm, ich bring dich zurück“, bot Werner Harms an.

„Würdest du dir unsere bisherigen Ermittlungsergebnisse einmal anhören?“, bat Lea Meinders mit einem fragenden Blick auf ihren obersten Chef.

Terborg nickte und sagte dann: „Die würde ich mir gerne mal anhören. Würden Sie noch ein wenig Zeit mit uns verbringen, Frau Brenner?“

Leas Telefon klingelte. Sie nahm ab, hörte kurz zu und lachte dann auf. „Schicken Sie sie hoch.“ Auf die fragenden Blicke der Kollegen erklärte sie: „Frau Doktor Brenner und Frau Borchers sind hier. Und der ängstlichen Stimme der Kollegin am Empfang nach zu urteilen, schäumt Doktor Brenner vor Wut.“

Margot sprang auf und fiel Josefine um den Hals, als diese ins Büro stürmte. „Alles ist gut, ich konnte doch beweisen, wo ich war.“

Werner stellte Johann Terborg Josefine und Theda vor.

„Ihr Ruf eilt Ihnen voraus, Frau Doktor Brenner“, sagte Terborg mit einem Augenzwinkern, als er Josefine die Hand schüttelte. „Darum würde mich auch sehr interessieren, wie Sie diesen Fall betrachten.“

„Ich würde mich sehr gerne mit Ihnen allen über die Ermittlungen austauschen“, entgegnete Josefine. „Allerdings mache ich mir derzeit etwas Sorgen um die Hauswirtschafterin der von Rauhenbergs und würde es vorziehen, erst einmal herauszufinden, ob es Grietje gut geht. In Anbetracht der Umstände …“

„Schon wieder jemand verschwunden?“ Werner legte die Stirn in Falten.

„Zumindest ist sie nicht zum Dienst erschienen. Da sie aber laut Nele von Rauhenberg sehr zuverlässig ist, bin ich doch ein wenig beunruhigt.“

Terborg nickte zustimmend. Dann wandte er sich an Lea: „Sie sollten Frau Doktor Brenner begleiten. Wir können die

Ermittlungen zu einem späteren Zeitpunkt gemeinsam erörtern."

„Ich fahre auch mit, wenn das in Ordnung ist", meldete sich Werner Harms.

„Ich bin doch froh, wenn du uns unterstützt, Werner", hieß Johann Terborg den Vorschlag des Leeraner Kollegen gut.

Kapitel 14

Theda schlug vor, Margot zum Haus der von Rauhenbergs zu bringen, damit sie sich von der Aufregung ein wenig erholen konnte.

Da Ingeborg Hahn mitsamt dem Dienstwagen verschwunden war, nahm Werner Lea und Josefine in seinem Auto mit.

Sobald sie im Wagen saßen, rief Josefine Nele an, um ihr mitzuteilen, dass Margot sich wieder auf freiem Fuß befand und bald bei ihr eintreffen würde, und um sich zu erkundigen, ob Grietje inzwischen aufgetaucht war. Als Nele dies verneinte, ließ sie sich die Adresse der Hauswirtschafterin geben.

Nele war erleichtert, dass sich jemand um Grietje kümmerte. „Bitte lass mich wissen, ob mit ihr alles in Ordnung ist", bat sie.

Durch graue Regenschleier fuhren sie nach Hinte, wo Grietje Muesinga in einem hübschen kleinen Fehnhaus wohnte, das von einem prachtvollen Bauerngarten umgeben war. Ihr Auto stand in der Auffahrt vor der Garage.

Lea trat durch die Gartenpforte und ging voran bis zur Haustür, wo sie die Klingel drückte. Alle drei lauschten auf Geräusche aus dem Inneren des Hauses, doch es war nichts zu hören.

Noch einmal drückte Lea den Klingelknopf, diesmal mehrfach hintereinander.

Doch auch jetzt wurde nicht geöffnet und zu hören war ebenfalls nichts.

Werner ging ein Stück am Haus entlang, um in ein Fenster zu schauen.

„Was machen Sie denn da?", ertönte plötzlich eine schrille Stimme vom Nachbarhaus zur Rechten.

Werner wandte sich um und sah eine Frau, die aus dem Fenster schaute.

„Wir suchen Frau Muesinga!", rief er zurück.

„Moment eben!“ Das Fenster wurde mit einem Knall geschlossen und wenig später hastete die Frau zum Muesingaschen Haus hinüber.

„Was wollen Sie denn von Grietje?“, fragte sie noch im Laufen.

Lea hatte bereits ihren Dienstausweis gezückt. „Moin, Meinders mein Name. Polizei Emden. Frau Muesinga wird von ihrer Arbeitgeberin vermisst.“

Die Frau schaute Lea beeindruckt an. „Mannomann, und da schicken die gleich ein Polizeiaufgebot? Grietje hat nicht übertrieben, als sie sagte, sie sei im Moment unverzichtbar.“

„Frau … äh …“, richtete sich Werner an die Nachbarin.

„’Tschuldigung, Heidine Kuiper“, stellte die sich vor.

„Frau Kuiper, wissen Sie denn vielleicht auch, wo Frau Muesinga sich aufhält?“

Heidine Kuiper warf einen Blick zu Grietjes Auto hin. „Tja, das frage ich mich auch schon die ganze Zeit. Hab heute Morgen ihre Zeitung reingeholt. Die wird ja sonst ganz nass bei dem Mistwetter. Dachte, sie kommt sie abholen.“

„Sie haben sie also heute noch nicht gesehen?“, hakte Lea nach.

Die Nachbarin schüttelte den Kopf. „Nee, das letzte Mal sah ich sie gestern Abend, als sie nach Hause kam. Wir haben aber nicht viel gesprochen. Sie war so müde. Hat ja alle Hände voll zu tun, in dem Haus von dem Großunternehmer, wo sie arbeitet. Der ist nämlich ermordet worden, wissen Sie?“ Als keine erstaunten Ausrufe erfolgten, lachte Heidine auf. „Richtig, Sie sind ja von der Polizei. Natürlich wissen Sie, wenn bei uns einer umgebracht wurde. Haben Sie denn den Mörder schon gefasst?“

„Frau Kuiper“, unterbrach Werner den Redeschwall der Nachbarin. „Sie haben nicht zufällig einen Schlüssel für Frau Muesingas Haus?“

Heidine Kuiper musterte den Hauptkommissar kritisch. „Sicher habe ich einen Schlüssel. Aber ob Grietje das recht wäre, wenn ich Sie in ihr Haus lasse? Vielleicht hat sie ja heute frei und schläft einfach lange. Wie ich schon sagte, sie war sehr müde.“ Sie verstummte und schaute einige Sekunden nachdenklich ins Leere, dann fuhr sie fort: „Darum haben mein Mann und ich uns auch so gewundert, dass sie ganz spät noch Besuch bekam.“

„Sie bekam Besuch? Haben Sie gesehen, wer Frau Muesinga besucht hat?“

„Ich guck doch nicht mitten in der Nacht nach, wer meine Nachbarn besucht!“, empörte sich Heidine.

„Frau Kuiper, bitte, ich weiß, dass Nachbarn auf dem Land aufeinander achtgeben“, entgegnete Werner diplomatisch.

„Also, ich denke, es war ein Mann. Und ich würde sagen, er fuhr einen dunklen Geländewagen. Konnte ich aber nicht genau sehen, war ja schon dunkel.“

„Wissen Sie noch, um welche Uhrzeit das war?“, wollte Lea wissen.

Die Nachbarin dachte kurz nach, dann nickte sie. „Wird wohl so gegen elf, halb zwölf gewesen sein.“

„Wären Sie dann so nett und würden den Schlüssel für Frau Muesingas Haus holen?“, bat Josefine.

Mit einem Mal versteinerte sich Heidine Kuipers Miene. „Sie denken doch nicht …? Der wird ihr doch nichts getan haben!“

„Den Schlüssel bitte, Frau Kuiper“, sagte Werner ungeduldig.

„Ja, natürlich. Bin sofort wieder da.“ Genauso schnell, wie sie gekommen war, lief sie zu ihrem Haus und war bald wieder zurück. Mit zitternder Hand übergab sie Lea den Schlüssel.

Schnell schloss die Kommissarin die Haustür auf.

Grietje Muesinga lag reglos im Flur auf dem Bauch. Um ihren Kopf herum hatte sich eine Blutlache gebildet.

Rasch trat Lea ein, beugte sich hinunter und prüfte ihren Puls, was aber angesichts der Blutmenge auf den Fliesen ohnehin überflüssig gewesen wäre. Dennoch winkte sie Josefine zu sich.

Werner versperrte Heidine Kuiper die Tür. „Bitte gehen Sie zurück nach Hause. Die Kollegen werden später bestimmt noch einige Fragen an Sie haben.“

„Ist sie tot?“, rief die Nachbarin erschrocken aus.
Werner nickte nur.
Sie versuchte, noch rasch an Werner vorbeizuschauen, um einen Blick auf die Tote zu erhaschen, doch als dies nicht gelang, trat sie ohne weitere Aufforderung den Rückzug an.
Werner vermutete, dass sie umgehend die Nachbarn, die um diese Tageszeit zu Hause waren, informieren würde.
Während Josefine Grietjes Leiche begutachtete, forderte Lea die Kriminaltechniker an.
„Ich nehme an, es handelt sich hier nicht um einen Unfall“, vermutete Werner.
„Da liegst du richtig, lieber Werner. Und ich mache mir jetzt noch mehr Sorgen um Timo. Kannst du mich zu Nele bringen?“
Werner nickte und wandte sich an Lea: „Was ist mit dir?“
„Ich gehe davon aus, dass meine werte Chefin hier in nächster Zeit aufkreuzen wird. Von daher komme ich schon irgendwie zurück nach Emden. Ich denke, wir sehen uns später noch bei von Rauhenbergs.“

Nele wurde einfach nur noch blasser, als Josefine ihr die furchtbare Mitteilung machte. Tränen hatte sie keine mehr. Sie schwankte ein wenig und Werner hielt sie rasch am Arm fest. Er begleitete sie ins Wohnzimmer, wo Margot und Meike mit Oliver und Sir Toby saßen.
Der Mops schien zu spüren, dass sein Frauchen mit schlechten Nachrichten kam, und drückte seine Freude über das Wiedersehen darum äußerst gemäßigt aus.
„Warum bringt jemand eine Hauswirtschafterin um?“, rief Meike aus.
„Hat Grietje für noch jemanden gearbeitet?“, wollte Werner von Nele wissen. „Oder war sie ausschließlich bei Ihnen beschäftigt?“
„Nur bei uns“, antwortete Nele.
„Das kannst du nicht wissen“, wandte Meike hastig ein. „Womöglich hat sie sich ja noch irgendwo etwas dazuverdient.

Schließlich war sie alleinstehend und könnte stundenweise noch irgendwo ausgeholfen haben.“

„Ihnen ist klar, dass ich darauf hinauswill, dass sie für noch jemanden aus der Familie gearbeitet hat? Es wäre ein zu großer Zufall, wenn zur gleichen Zeit zwei Mörder ihr Unwesen in Emden trieben.“

„Grietje hat mit Sicherheit für niemand anders gearbeitet“, sagte Nele. „Sie ist ja nun auch nicht mehr die Jüngste und ist jeden Tag bis sechzehn Uhr hier. Danach ist sie müde und fährt nicht noch zu einem weiteren Job. Außerdem hat sie in den letzten Tagen ständig Überstunden gemacht. Das könnte sie ja nicht so ohne Weiteres, hätte sie noch andere Verpflichtungen.“ Sie schaute ihre Mutter ein wenig vorwurfsvoll an. „Inzwischen solltest du das auch wissen. Ihr seid ja mehr hier als in eurem eigenen Haus.“

„Soll das ein Vorwurf sein?“, entgegnete Meike aufgebracht. „Wir können auch gehen, wenn dich unsere Anwesenheit stört. Für uns ist das auch umständlich.“

Nele seufzte nur erschöpft.

„Ach, Sie wohnen gar nicht hier?“, erkundigte sich Werner.

„Nein, natürlich nicht. Wir sind hier, seit Peter verschwunden ist, um unserer Tochter beizustehen. Was aber ja anscheinend nicht erwünscht ist.“ Auf Meikes Gesicht bildeten sich hektische rote Flecken und ihre Augen füllten sich mit Tränen. „Eigentlich hätte ich mir das ja denken können“, redete sie sich langsam in Rage. „Sie wollte ja auch einfach von hier weggehen!“

„Alle sind ein wenig mit den Nerven runter“, versuchte Josefine zu vermitteln. „Ich mache uns erst einmal einen Tee, damit sich die Gemüter wieder beruhigen.“

„Aber das kann doch Grietje …“ Nele verstummte, dann brach sie in Tränen aus.

„Begleite mich doch bitte, Meike. Dann kannst du mir zeigen, wo ich alles für den Tee finde.“

Meike putzte sich die Nase, dann stand sie auf und folgte Josefine aus dem Wohnzimmer.

Sir Toby trippelte rasch hinterher. So schnell würde er sein Frauchen nicht wieder aus den Augen lassen.

„Wo ist Uwe?“, erkundigte sich Josefine, während sie Wasser in den Teekessel füllte.

Meike stellte Tassen auf ein Tablett. „Arbeiten natürlich. Wir können nicht ewig freimachen, um bei Nele zu sein. Von irgendwas müssen wir ja auch leben.“

Da Meike immer noch aufgebracht war, versuchte Josefine, sie abzulenken. „Was macht Uwe beruflich?“

„Wir haben ein Geschäft für Bootszubehör. Zum Glück haben wir einen fähigen Angestellten, der uns in den letzten Tagen vertreten hat. Aber hin und wieder muss mal einer von uns nach dem Rechten sehen.“

„Nele hat es bestimmt nicht so gemeint. Sie hat viel verkraften müssen in den letzten Tagen.“

Meike nickte. „Du hast recht. Aber auch an mir geht das nicht spurlos vorüber. Und wer weiß, was noch kommt. Wir haben immer noch nichts von Timo gehört.“

Timo! Fast hätte Josefine den vergessen. Sie musste sich unbedingt bei Lea Meinders erkundigen, ob die Polizei inzwischen irgendwelche Anhaltspunkte hatte.

Der Wasserkessel begann zu pfeifen und Meike übernahm es, den Tee aufzubrühen.

Dann gingen sie bepackt mit Geschirr und Tee zurück ins Wohnzimmer.

„Es tut mir leid, Mama“, sagte Nele, sobald Meike den Raum betrat.

„Ist schon gut. Ich hab’s auch nicht so gemeint. Ist halt alles ein bisschen viel im Moment.“

Aus Werners Hemdentasche dudelte die Titelmusik von Tatort. Der Hauptkommissar zog sein Handy aus dieser Tasche und schaute auf das Display. „Lea“, sagte er, an Josefine gewandt, und nahm das Gespräch an.

Alle hielten den Atem an und lauschten gebannt, als Werner fragte: „Und er lebt?“

Josefine suchte Werners Blick, doch der Freund bedeutete ihr mit einer Geste, sich zu gedulden, hörte weiter zu und stellte die nächste Frage: „Wurde die Mutter informiert?“ Wieder eine Pause. Dann beendete er das Gespräch mit den Worten: „Gut, ich komme mit Frau von Rauhenberg da hin.“

„Was ist los?“ Nele zitterte vor Anspannung.

„Timo von Rauhenberg wurde gefunden. Man hat ihn ins Krankenhaus gebracht.“

„Geht es ihm gut?“, stieß Nele hervor.

„Den Umständen entsprechend“, antwortete Werner vage und tauschte mit Josefine einen Blick aus, der ihr sagte, dass es nicht gut um den jungen Mann stand.

Der Hauptkommissar erhob sich. „Wären Sie so freundlich, mich ins Krankenhaus zu begleiten? Jemand müsste bestätigen, dass es sich tatsächlich um den Gesuchten handelt.“

„Konnte er das denn nicht selbst bestätigen?“, fragte Nele mit bebender Stimme.

„Dazu kann ich nichts sagen“, wich Werner erneut einer konkreten Antwort aus. „Frau Meinders hat mich nur gebeten, jemanden mitzubringen, der Timo von Rauhenberg identifizieren kann.“

„Aber er lebt?“, hakte Josefine nach.

Werner nickte.

„Ich komme auch mit“, sagte Margot bestimmt und stand vom Sofa auf.

„Was ist denn mit Franziska?“, wollte Josefine wissen, die zu Recht annahm, dass man bereits versucht hatte, Timos Mutter zu kontaktieren.

Werner zuckte mit den Schultern. „Ist nicht zu erreichen. Lea versucht es schon, seit das Krankenhaus sich bei ihr meldete.“

„Aber ihr habt doch nachher noch den Termin beim Notar“, erinnerte Meike.

„Ruf bitte Bruno an, er soll den Termin verschieben“, bat Nele ihre Mutter. „Und sei so lieb und kümmere dich um Oliver.“

„Ich bitte Theda, mit mir zu Timos Haus zu fahren. Vielleicht hat sie sich einfach nur zurückgezogen“, verkündete Josefine.

„Das ist eine gute Idee“, stimmte Werner zu. „Wir sehen uns später noch, wenn ich die beiden Damen zurückbringe.“

Kapitel 15

Theda war so schnell da, als habe sie schon mit dem Autoschlüssel in der Hand darauf gewartet, dass Josefine sich endlich bei ihr meldete.

„Jetzt erzähl mir bitte alles noch mal ganz genau“, bat sie, sobald Josefine und Sir Toby im Auto saßen.

„Weißt du, wo wir hinmüssen?“, erkundigte sich Josefine anstelle einer Antwort.

Theda nickte. „Sicher. Ich kenne die Adresse. Der Hof gehörte früher den Eltern einer Schulfreundin.“

„Richtig, du bist ja in Emden aufgewachsen. Und ich vergesse immer wieder, wie klein die Welt ist.“ Josefine lachte, doch sie wurde rasch wieder ernst und berichtete der Freundin von den Ereignissen des Morgens.

„Warum bringt jemand die Hauswirtschafterin um?“, sagte Theda nachdenklich und bog in die Einfahrt des Hofes ein.

„Ich nehme an, weil sie etwas gesehen oder gehört hat, das sie nicht hätte sehen oder hören sollen“, vermutete Josefine, löste den Sicherheitsgurt und stieg aus.

Es hatte zu regnen aufgehört und erste Sonnenstrahlen suchten sich einen Weg durch die Wolkendecke. In den Bäumen, die die Hofstelle umgaben, zwitscherten Vögel, ansonsten war kein Geräusch zu hören.

„Kein Auto hier“, stellte Josefine fest.

„Lass uns trotzdem klingeln“, schlug Theda vor. „Vielleicht hat Franziska ihren Wagen ja in die Garage gestellt.“

Doch auf ihr Klingeln wurde nicht geöffnet.

„Und nun?“ Theda schaute Josefine ratlos an.

Josefines Augen blitzten abenteuerlustig. „Lass uns zur Hintertür gehen. Vielleicht hat Timo irgendwo einen Schlüssel deponiert.“

„Du willst einbrechen?“

„Wenn ich einen Schlüssel finde, ist es schlimmstenfalls unbefugtes Betreten.“ Schon machte Josefine sich auf den Weg, das Bauernhaus zu umrunden.

Das Tor des am Haus angebauten Stalls war marode und nicht verschlossen.

„Siehst du", bemerkte Josefine zufrieden und betrat den Stall.

Durch die kleinen Fenster fiel nur wenig Tageslicht herein. Theda, die schon durch einige verlassene Ställe gestolpert war, suchte nach einem Lichtschalter und wurde fündig. Als die Neonleuchten an der Decke aufflammten, stießen beide Frauen einen Ruf des Erstaunens aus. Das hatten sie hier nicht erwartet.

„Timo ist Fotograf?", fragte Theda erstaunt.

Der ehemalige Kuhstall war penibel aufgeräumt worden und an der Wand, die den Anbau vom Wohnhaus trennte, war eine Hintergrundleinwand für Fotografien angebracht worden. Außerdem standen dort Scheinwerfer und Reflektoren auf Stativen.

„Nicht, dass ich wüsste", antwortete Josefine verblüfft. „Zumindest hat in den letzten Tagen niemand so etwas erwähnt."

„Aber sonst ist hier nichts." Theda drehte sich einmal um die eigene Achse.

Josefine ging zur Brandschutztür, die vom Stall ins Wohnhaus führte. Doch diese war verschlossen.

Gemeinsam suchten die Frauen die nähere Umgebung nach einem versteckten Schlüssel ab, wurden jedoch nicht fündig.

Sie verließen den Stall, um nach einem weiteren Eingang zu suchen. Doch auch die Hintertür war verschlossen und ein Schlüssel nicht zu finden.

„Lass uns in den Nebengebäuden nachsehen", schlug Theda vor. „Ins Haus kommen wir offensichtlich nicht ohne Einbruch."

Die Garage war zwar unverschlossen, aber bis auf einige Getränkekisten und einen Satz Winterreifen absolut leer.

Also wandten sie sich den kleineren Nebengebäuden zu, die laut Theda früher einmal eine Werkstatt und ein paar Schweine beherbergt hatten.

Die Tür der ehemaligen Werkstatt war unverschlossen, doch fanden sie zu ihrer Enttäuschung nur Gerätschaften darin, die man dort auch vermutet hätte.

Die nächste Tür war wieder abgeschlossen.

Theda ging zu dem kleinen Fenster, holte ein Taschentuch hervor und versuchte, das völlig verschmutzte Glas ein wenig zu reinigen. Dann schirmte sie ihre Augen seitlich ab und schaute hinein. „Hier!“, rief sie aufgeregt. „Sieh dir das an!“

Auch Josefine sah zum Fenster hinein. In dem kleinen Raum waren ähnliche Kartons, wie sie sie am Vortag in der Firmenhalle gesehen hatten, bis an die niedrige Decke gestapelt.

„Also hängt Franziska definitiv in dieser Betrugssache mit drin“, stellte Theda fest. „Ob Timo auch …?“

„Ich denke nicht. Das wird der Grund sein, warum er jetzt im Krankenhaus liegt.“

„Die eigene Mutter setzt ihren Sohn außer Gefecht?“ Theda war skeptisch.

„Da wir davon ausgehen können, dass Kurt ihr Komplize ist, geht das wohl eher auf dessen Konto.“

Josefine trat vom Fenster zurück und schaute sich erneut um. „Ich frage mich, wo die sind. Zur Firma zurück, um den Rest zu holen, konnten sie nicht. Bestimmt hat die Polizei alles sichergestellt.“

„Wir wissen ja nicht, wie viel dort gelagert war. Vielleicht sind sie unterwegs, um die Sachen auszuliefern.“

„Möglich. Aber darum soll sich die Polizei kümmern. Lass uns zurückfahren und herausfinden, was die anderen im Krankenhaus erfahren konnten. Doch zuerst muss Toby noch mal ins Gebüsch.“

Zwischen Wohnhaus und Nebengebäuden führte ein Feldweg zwischen den angrenzenden Weiden entlang. Dort durfte der Mops herumschnüffeln und seine Geschäfte erledigen, bevor sie sich wieder auf den Weg machten.

Plötzlich blieb Theda stehen und lauschte. „Ich glaube, da ist gerade ein Auto angekommen. Und meins steht noch mitten im Hof!“

„Bleib ruhig. Wir sind doch nur hier, um Franziska darüber zu informieren, dass man ihren Sohn gefunden hat.“

„Na, hoffentlich glaubt sie uns das.“

„Atme noch mal tief durch, und dann schlendern wir zurück zum Hof.“

Als die beiden in den Hof traten, stieg Franziska gerade aus ihrem Auto. Zuerst bemerkte sie die Frauen gar nicht, denn sie wandte sich sofort der Einfahrt zu, wo gerade ein weißer Kleinlaster mit dem Schriftzug eines Autoverleihs einbog. Die Sonne brach nun vollständig durch die Wolken und spiegelte sich in der Windschutzscheibe, sodass nicht zu erkennen war, wer den Wagen fuhr.

„Hallo Franziska!“, rief Josefine.

Die Angesprochene erschrak sichtlich und fuhr herum. „Josefine! Was machst du hier?“

„Wir haben dir etwas mitzuteilen.“

Kurt von Rauhenberg stieg aus dem Transporter. „Was tun die beiden hier?“, herrschte er Franziska an.

„Ich vermute, sie wollen mir sagen, dass ich meinen Sohn im Krankenhaus besuchen kann.“ Sie bedachte Kurt mit einem so vorwurfsvollen Blick, dass Josefine ihre Theorie bezüglich Timo bestätigt sah.

Kurt schloss für einen Moment erschöpft die Augen. Dann schüttelte er den Kopf und griff in seine Jackentasche. „Verfluchte Scheiße! Das läuft hier alles völlig aus dem Ruder!“ Er zog die Hand aus der Tasche und richtete eine Pistole auf Josefine und Theda.

Kapitel 16

Nele brach in Tränen aus, als sie Timo in dem Krankenbett sah, angeschlossen an einen Herzmonitor, den Infusionsschlauch im Arm und mit einem Verband um den Kopf.

Timo hatte die Augen geschlossen, sein Gesicht war sehr blass. Offensichtlich schlief er und bekam nicht mit, dass jemand sein Zimmer betreten hatte.

„Bitte warten Sie auf Doktor Wagner", bat die Krankenschwester, deren Namensschild sie als Schwester Regina auswies. „Der Patient sollte sich nicht aufregen."

„Was ist mit ihm?", fragte Nele ängstlich.

„Wie ich schon sagte – bitte warten Sie … ach, Herr Doktor. Das sind die Angehörigen."

Chefarzt Doktor Martin Wagner begrüßte die Anwesenden mit Handschlag. „Es handelt sich also tatsächlich um den Gesuchten?", erkundigte er sich dann bei Lea, die ihren Dienstausweis vorgezeigt hatte.

Margot antwortete: „Ja, das ist mein Neffe Timo. Was ist ihm nur zugestoßen?"

„Schweres Schädel-Hirn-Trauma", antwortete Wagner. „Verursacht durch einen schweren Schlag auf den Hinterkopf. Ob durch einen Unfall oder Fremdeinwirkung, kann ich nicht sicher sagen, würde aber von einem Schlag mit einem Hammer oder Ähnlichem ausgehen. Nach der Einlieferung hatten wir Herrn …" Er schaute Margot fragend an.

„Timo von Rauhenberg", sprang Werner ein.

„Wir mussten Herrn von Rauhenberg in eine Langzeitnarkose versetzen, um die Hirnzellen zu entlasten. Heute Morgen konnten wir ihn dann wieder aufwecken."

„Wird er wieder gesund?", fragte Nele angstvoll.

„Die Prognose ist gut", antwortete der Chefarzt. „Er war noch etwas desorientiert, konnte aber kommunizieren und hat auch sonst keine erkennbaren physischen Defizite."

„Aber?" Werner hatte das unausgesprochene Wort deutlich hören können.

„Zurzeit kann Herr von Rauhenberg sich an nichts erinnern, was aber bei einem solchen Trauma nicht ungewöhnlich ist. Sie sollten ihm also Zeit geben und ihn nicht überfordern."

„Was meinen Sie mit ‚nichts' genau?", wollte Lea wissen. „Kann er sich nicht daran erinnern, was ihm zugestoßen ist?"

„Auf meine Fragen konnte er vorhin seinen Namen nicht nennen. Darum sollte ihn ja jemand identifizieren. Wir gingen nur aufgrund der polizeilichen Suchmeldung davon aus, dass es sich um Herrn Rauhenberg handelt. Aber machen Sie sich keine allzu großen Sorgen. Es könnte auch an der allgemeinen Desorientierung gelegen haben. Wir werden mehr wissen, wenn er wieder völlig wach ist."

„Warum haben Sie sich nicht früher bei uns gemeldet?", wollte Lea wissen.

Doktor Wagner runzelte missbilligend die Stirn. „Das haben wir, Frau Meinders, das haben wir. Sogar ein Foto wurde an die Polizei weitergeleitet. Darum waren wir verwundert, die Suchmeldung zu lesen, und haben uns ein weiteres Mal an Ihre Dienststelle gewandt. Diesmal mit Erfolg. Irgendjemand muss da geschlampt haben, aber das war niemand von meinen Leuten."

Lea nickte zerknirscht. „Ich werde dem nachgehen. So etwas darf natürlich nicht passieren."

„Kann ich zu ihm?", bat Nele.

„Ja, natürlich. Gehen Sie nur hinein. Aber bitte nicht alle auf einmal."

„Wir hätten ohnehin noch einige Fragen an Sie", sagte Lea.

Margot und Nele betraten das Krankenzimmer, Lea und Werner blieben mit Doktor Wagner auf dem Flur zurück.

„Können Sie uns sagen, wo Herr von Rauhenberg gefunden wurde?", erkundigte sich Lea.

Wagner wandte sich Schwester Regina zu, die ein Stück entfernt an einem Computerwagen stand und Behandlungsdaten eingab. „Regina, haben Sie einen Moment Zeit für uns?"

Die Schwester eilte umgehend zum Chefarzt, der sie bat: „Seien Sie so nett und berichten Sie den Kommissaren, wie Herr von Rauhenberg bei uns eintraf."

„Sanitäter fanden ihn vor dem Eingang der Notfallambulanz, als sie einen Patienten brachten. Wir glauben, dass jemand ihn dort abgelegt hat, da aufgrund seiner Verletzungen nicht davon auszugehen ist, dass er aus eigener Kraft dorthin gelangt ist."

„Wann genau war das?"

„Sonntagnacht, eher Montag in der Frühe. Moment." Sie ging zurück zu ihrem Computer, tippte auf der Tastatur herum und rief dann herüber: „Montagmorgen um drei Uhr zweiundvierzig haben wir ihn aufgenommen."

Lea bedankte sich bei Schwester Regina und Doktor Wagner.

„Wenn Sie noch weitere Fragen haben sollten, wenden Sie sich doch bitte ans Schwesternzimmer. Dort weiß man, wo ich zu finden bin."

Die Tür von Timos Krankenzimmer wurde aufgerissen und Nele stürzte in den Flur. „Herr Doktor! Timo ist wach und er erinnert sich!"

Sofort folgten Doktor Wagner und Schwester Regina Nele ans Krankenbett, wo Margot glücklich lächelnd die Hand ihres Neffen hielt.

Der Chefarzt untersuchte seinen Patienten kurz, stellte ihm einige Fragen und nickte zufrieden, als Timo seinen Namen nannte. „Er wird wieder ganz der Alte. Trotzdem müssen Sie noch eine Weile ruhig liegen und überwacht werden, Herr von Rauhenberg."

„Darf ich sitzen?", erkundigte sich Timo.

Wagner nickte und Margot stand auf, um Schwester Regina Platz zu machen, damit diese das Bett einstellen konnte.

Werner und Lea waren ebenfalls eingetreten.

„Ich müsste Ihnen einige Fragen stellen, Herr von Rauhenberg", sagte Lea. „Fühlen Sie sich dazu in der Lage?"

„Aber höchstens fünf Minuten", bestimmte Doktor Wagner und verabschiedete sich dann endgültig.

„Können Sie sich daran erinnern, was geschehen ist?“, fragte Lea sofort.

Timo versuchte ein Nicken, welches ihm aber offensichtlich Schmerzen bereitete. Darum räusperte er sich mühsam und antwortete mit noch recht schwacher Stimme: „Jemand hat mich von hinten niedergeschlagen. Ich vermute, es war Kurt, oder einer seiner Kumpane.“

„Warum schlug er Sie nieder?“

Timo entfuhr ein Lachen, das jedoch in einem Schmerzenslaut endete.

Nele war sofort an seiner Seite und streichelte ihm zärtlich über die Wange, was Timo zu einem leicht schmerzverzerrten Lächeln veranlasste. Dann fuhr er fort: „Wenn ich das nur wüsste! Ich hatte versucht, herauszufinden, was meine Mutter und Kurt treiben und ob sie etwas mit dem Verschwinden meines Vaters zu tun haben. Leider war die ganze Aktion völlig umsonst, dafür liege ich jetzt im Krankenhaus.“

„Könnte es sein, dass es um Produktpiraterie geht?“

Timo schaute die Kommissarin erstaunt an.

„Wir waren im Lager und haben dort noch einige gefälschte Handtaschen gefunden.“

„Also darum ging es!“, stieß Timo hervor. „Das erklärt natürlich einiges.“

„Was erklärt es?“, wollte Lea wissen.

„Nun ja, vermutet hatte ich schon länger, dass Kurt und meine Mutter irgendetwas Illegales treiben. Ich versuche seit einer Weile, mir eine Karriere als Fotograf aufzubauen. Zu Hause habe ich mir ein kleines Fotostudio eingerichtet und ich hatte seit einiger Zeit den Eindruck, als würde jemand meine Ausrüstung benutzen. Außerdem hörte ich zufällig ein Gespräch der beiden, in dem sie von der alten Firma sprachen. Also habe ich meiner Mutter am Sonntagabend erzählt, ich würde noch einmal nach meinem Vater suchen, habe mich stattdessen aber auf die Lauer gelegt und die Firma beobachtet. Wenig später kam Kurt dorthin. Außerdem zwei Kerle in einem weißen Lieferwagen. Bevor ich aber herausfinden konnte, was sie dort machen, wurde ich von hinten niedergeschlagen.“ Seine Stimme versagte und Theda nahm das Wasserglas, welches auf dem Nachttisch stand, und reichte es Nele, die es Timo an die Lippen hielt.

„Wurde mein Vater gefunden?“, wollte Timo wissen, als Nele das Glas auf sein Zeichen hin wegnahm.

Alle Anwesenden senkten betroffen die Blicke.

„Haben die ihn umgebracht?“, fuhr Timo auf.

Rasch nahm Nele seine Hand. „Du darfst dich nicht aufregen.“

„Zu spät“, entgegnete Timo und schaute Lea Meinders erwartungsvoll an.

„Ihr Vater wurde umgebracht. Wer sein Mörder ist, das wissen wir zum jetzigen Zeitpunkt nicht.“

„Oh mein Gott!“

Alle Blicke richteten sich auf Margot, die mit einem Mal wirkte, als habe sie einen Geist gesehen.

„Josefine und Theda! Sie sind doch zum Hof gefahren! Was ist, wenn Franziska und Kurt dort sind!“

„Scheiße!“, fluchte Werner, zerrte seinen Autoschlüssel aus der Jacke und warf ihn Margot zu. „Ich fahre mit Lea. Nehmt ihr meinen Wagen.“

Ohne ein weiteres Wort hasteten die Kommissare aus dem Zimmer.

Kapitel 17

„Kurt, das lässt sich doch alles klären“, sagte Josefine. Angesichts der auf sie gerichteten Waffe hatte sie Mühe, ihre Stimme fest klingen zu lassen. „Timo lebt und bestimmt wird der Richter gnädig sein, wenn ihr euch jetzt stellt.“

Sir Toby knurrte leise.

Kurt lachte auf. „Der Richter vielleicht, aber glaube mir, das interessiert mich nur am Rande. Die Leute, mit denen wir Geschäfte machen, die sind garantiert nicht gnädig.“

„Und was habt ihr jetzt vor? Timo wird unangenehme Fragen beantworten müssen. Und wenn er die Antworten darauf kennt, dann …“

„Bis dahin sind wir außer Landes. Und jetzt haben wir genug geredet. Los! Geht zum Haus.“

„Werden Sie uns umbringen?“, fragte Theda mit bebender Stimme.

Kurt schwieg und wedelte nur auffordernd mit der Waffe.

Wenn Kurt seinen Cousin tatsächlich umgebracht hatte, dann würde er auch nicht zögern, zwei alte Frauen zu erschießen. So nahm Josefine ihren Hund auf den Arm und folgte der Aufforderung.

Franziska schloss mit zitternden Fingern die Haustür auf und sie traten ein.

Kurt dirigierte sie durch den Flur zu einer schmalen Tür, die lediglich mit einem Riegel verschlossen war.

Als Franziska auch diese Tür öffnete und das Licht einschaltete, sahen sie, dass dahinter wenige Stufen in einen kleinen Kartoffelkeller führten.

„Rein da!“, befahl Kurt.

Theda und Josefine gingen die Stufen hinunter. Über ihnen wurde die Türe geschlossen und sie hörten, wie der Riegel vorgeschoben wurde.

Thedas Atem ging schwer. Sie litt ein wenig unter Klaustrophobie.

„Keine Sorge“, versuchte Josefine die Freundin zu beruhigen. „Margot und Werner wissen ja, wo wir hinwollten. Bestimmt sind sie schon auf dem Weg hierher.“

„Was machen wir denn nun?“, hörten sie Franziska mit äußerst nervös klingender Stimme fragen.

„Na, was wohl?“, entgegnete Kurt barsch. „Wir laden so viel ein, wie wir können, und dann nichts wie weg hier.“

„Kurt, so hatte ich mir das nicht vorgestellt …“

„Denkst du, ich? Aber wenn wir den Krempel verkauft haben, dann haben wir genug Kohle zusammen, um irgendwo neu anzufangen.“

„Das ist doch Blödsinn!“, fauchte Franziska plötzlich. „Ich muss diesen Notartermin wahrnehmen! Womöglich erbe ich mehr, als wir jemals verdienen können!“

Kurt lachte auf. „In welchem Traum gehst du denn spazieren? Du bist nur zu diesem Termin geladen, damit Tappken dir mitteilen kann, dass du gar nichts oder höchstens ein paar Brosamen bekommst. Peter hat befürchtet, dass du das Geld nicht für Timo verwalten, sondern für dich selbst verwenden willst. Darum hat er Margot als Vollstreckerin eingesetzt.“

„Das kannst du nicht wissen!“, schrie Franziska empört.

„Bruno hat's mir gesagt und der weiß es von Peter. Also, was willst du glauben?“

Für einen Moment herrschte Stille, dann fauchte Franziska: „Dieses Arschloch!“

„Okay, wenn du dich jetzt wieder im Griff hast, können wir dann verschwinden, bevor die Bullen hier aufkreuzen?“

Offensichtlich hatte Franziska zugestimmt, denn Josefine und Theda hörten, wie sich Schritte entfernten.

„Immerhin haben sie nicht davon gesprochen, uns erst zu erschießen und dann zu verschwinden“, flüsterte Theda erleichtert.

Auch Josefine wollte schon aufatmen, da hörten sie jemanden zurückkommen.

Die Frauen hielten den Atem an und Sir Toby bellte wütend, als der Riegel weggeschoben und die Tür wieder aufgerissen wurde.

Kapitel 18

„Ich schwöre dir, Kurt, passiert meinem Hund irgendwas, bringe ich dich persönlich um!“, fauchte Josefine, während Franziska ihr die Hände fesselte.

Kurt hielt weiterhin die Waffe auf sie gerichtet.

„Um deinen Köter wird sich die Polizei schon kümmern“, entgegnete Kurt, dann wandte er sich ungeduldig an Franziska: „Beeil dich!“

„Ja, ja, ich mach ja schon. Aber ich fessle nicht jeden Tag Leute, weißt du?“, gab Franziska unwirsch zurück.

Als auch Thedas Hände zusammengebunden waren, forderte Kurt die beiden Frauen auf, in den Ladebereich des Lieferwagens zu steigen.

Josefine hob die Brauen. „Mein lieber Junge. Wir sind beide über siebzig Jahre alt. Glaubst du wirklich, wir könnten mit gefesselten Händen ohne Hilfe da reinklettern?“

Kurt sah schnell ein, dass es für die beiden Frauen kaum zu schaffen war. „Sie fahren bei dir mit“, sagte er darum zu Franziska.

„Wozu willst du den Wagen überhaupt mitnehmen, wenn wir keine Zeit mehr haben, um den Rest einzuladen?“

„Du hast recht“, antwortete Kurt und dirigierte seine Geiseln mit der Waffe zum BMW.

Zwar war es deutlich einfacher, auf der Rückbank von Franziskas Wagen Platz zu nehmen als auf einer Ladefläche, dennoch stellte Josefine sich so ungeschickt an, wie es eben ging, um möglichst viel Zeit zu schinden. Es brach ihr schier das Herz, als sie hörte, wie Sir Toby im Haus ein lang gezogenes, sehnsuchtsvolles Heulen ausstieß.

„Jetzt stellt euch nicht so dämlich an!“ Kurt war herübergekommen und fuchtelte wieder mit seiner Pistole vor Josefine herum.

So gab sie sich geschlagen und zog auch ihre Beine in das Fahrzeug.

Jetzt ging alles ganz schnell. Franziska huschte auf den Beifahrersitz, Kurt sprang ebenfalls ins Auto, startete den Motor und wendete mit quietschenden Reifen.

Zu Josefine und Thedas Verwunderung fuhr Kurt nicht in Richtung Autobahn, sondern nach Emden hinein.

Nach einer etwa zehnminütigen Fahrt bog er in eine ruhige Nebenstraße ab, in der Einfamilienhäuser neueren Baudatums standen. An einem großen weißen Walmdachbungalow lenkte er den Wagen in die Auffahrt einer Doppelgarage. Franziska reichte ihm eine Fernbedienung, die sie aus dem Handschuhfach genommen hatte, und wie von Geisterhand öffnete sich das Garagentor.

Auf der linken Seite war Kurts Geländewagen geparkt, auf der rechten war noch Platz für Franziskas Fahrzeug.

Sobald Kurt den Wagen hineingefahren hatte, schloss sich das Garagentor wieder.

Er übergab Franziska die Waffe. „Du passt auf die beiden auf. Ich bin sofort zurück."

Bevor Franziska protestieren konnte, war er auch schon ausgestiegen und verschwand durch eine Tür ins Haus.

Franziska löste den Sicherheitsgurt und drehte sich halb zu Josefine und Theda hin. Die Waffe in ihrer Hand zitterte ein wenig.

„Franziska, nimm das Ding runter!", forderte Josefine, die hinter dem Fahrersitz und somit in direkter Zielrichtung saß, sie auf. „Wir sind zwei gefesselte alte Frauen. Was sollten wir schon unternehmen? Aber so wie du zitterst, erschießt du uns gleich noch."

Franziskas Blick richtete sich auf die Pistole. Sie dachte kurz nach, dann nahm sie die Waffe herunter.

„Was macht ihr hier für einen Mist?", fuhr Josefine fort. „Habt ihr Peter umgebracht?"

Franziskas Kopf fuhr hoch und sie starrte Josefine an. „Natürlich nicht!", stieß sie hervor.

„Was ist mit Grietje Muesinga?"

„Wer ist Grietje Muesinga?“ Franziska sah tatsächlich ratlos aus.

„Nele und Peters Hauswirtschafterin.“

„Die kocht ziemlich gut, ich kenne sie aber nicht näher. Und Kurt bestimmt auch nicht. Wie kommst du jetzt auf die?“

„Auch sie wurde ermordet.“

„Herrje! Josefine! Wir sind doch keine Mörder!“

„Und was soll das Ganze dann? Ihr müsst euch für die Produktpiraterie verantworten und vermutlich einer von euch wegen schwerer Körperverletzung. Aber wollt ihr eurem Straftatenkonto auch noch Geiselnahme hinzufügen? Wenn du uns jetzt gehen lässt, werden wir das nicht anzeigen.“

„Keiner von uns hat Timo niedergeschlagen“, erwiderte Franziska mit belegter Stimme. „Das war einer unserer Geschäftspartner. Ich hätte doch niemals zugelassen …“ Tränen rollten über ihre Wangen.

„Du willst doch bestimmt ins Krankenhaus, um zu sehen, wie es deinem Sohn geht“, bedrängte Josefine sie weiter.

„Ich kann nicht ins Gefängnis gehen!“, rief Franziska aus.

„Willst du lieber auf der Flucht sein, bis deine Straftaten verjährt sind?“, mischte sich nun Theda ein.

„Ich weiß nicht, was ich tun soll.“ Franziska legte die Waffe auf das Armaturenbrett und brach in Tränen aus.

Das Martinshorn eines näher kommenden Einsatzfahrzeuges war zu hören.

Das Erste, was Lea und Werner sahen, als sie auf Timos Hof eintrafen, war der weiße Lieferwagen.

Rasch sprangen sie aus dem Auto und näherten sich dem Fahrzeug vorsichtig, Lea die Hand an der Waffe in ihrem Schulterholster. Sie lugte in die Fahrerkabine und schüttelte dann den Kopf, um Werner zu verstehen zu geben, dass niemand im Auto saß. Dann zog sie ihre Waffe aus dem Holster und sicherte den hinteren Teil des Wagens. Auf ihr Zeichen hin riss Werner die Schiebetür auf. Doch der Wagen war leer.

Werner schaute sich um. „Vielleicht haben sie niemanden angetroffen und sind wieder gefahren“, vermutete er.
„Pssst“, machte Lea und lauschte. „Da heult doch ein Hund, oder?“
„Sir Toby!“, rief Werner aus und sprintete auf das Wohnhaus zu.
Die Tür war verschlossen.
„Josefine? Seid ihr da drinnen?“, brüllte Werner.
Als Antwort kam nur Tobys aufgeregtes Bellen.
Werner fackelte nicht lange und warf sich mit aller Kraft gegen die Haustür. Die war zum Glück älteren Datums und flog beim zweiten Versuch auf.
Der Hauptkommissar sprang zur Seite und Lea mit vorgehaltener Waffe nach vorn. Doch auch hier gab es keine Bedrohung.
Sir Toby, den man an einem Heizungsrohr im Flur festgebunden hatte, winselte und gebärdete sich wie wild vor Freude.
Sofort steckte Lea die Pistole weg, ging zu ihm hin und löste die Leine von der Heizung.
Der Mops strebte umgehend zur offen stehenden Haustüre.
„Sie sind nicht mehr hier“, schloss Lea aus diesem Verhalten und folgte dem Hund nach draußen.
„Also haben sie Josefine und Theda als Geiseln mitgenommen. Wo fahren sie hin?“
„Da Franziska jetzt in München lebt, vielleicht dahin?“
Werner nickte und sie liefen zum Auto. Der Hauptkommissar übernahm Sir Toby, Lea veranlasste per Funk die Fahndung nach den Privatfahrzeugen von Kurt und Franziska, mit dem Hinweis, dass sich die Flüchtigen auf dem Weg nach München befinden könnten. Zuletzt ließ sie sich die Fahrt mit Sonderzeichen genehmigen, setzte das Blaulicht auf das Dach ihres Dienstwagens und raste vom Hof.
„Stopp!“, rief Werner plötzlich. „Würden sie unvorbereitet sofort nach München aufbrechen?“

„Du denkst, sie machen noch einen Abstecher zu Kurts Haus?“

„Falls sie planen, das Land zu verlassen, braucht Kurt doch bestimmt noch einige Papiere. Trägt ja nicht jeder seinen Reisepass ständig mit sich rum. Wäre einen Versuch wert, oder?“

Lea fuhr langsamer. „Die Adresse ist auf meinem Block notiert. Handtasche, Rückbank.“

„Ich muss dringend abnehmen!“ Werner schnaufte angestrengt, während er versuchte, die Handtasche von der Rückbank zu angeln, ohne den auf seinem Schoß liegenden Mops in den Fußraum zu schubsen. Endlich war es ihm gelungen und er las Lea die Adresse vor.

Sofort trat die Kommissarin wieder aufs Gas.

Der Streifenwagen, den Lea zur Unterstützung zu Kurts Haus beordert hatte, war schon eingetroffen, als die beiden Kommissare ihr Ziel erreichten. Lea stürzte aus dem Auto, Werner setzte Sir Toby auf die Rückbank und streichelte ihm kurz über den Kopf. „Gleich hast du dein Frauchen wieder“, versprach er.

„Alles ruhig“, informierte Polizeihauptkommissarin Alida Bruns. „Wir glauben aber, im Haus eine Bewegung gesehen zu haben.“

„Es ist aber keins der Fahrzeuge zu sehen“, bemerkte Lea, nachdem sie sich kurz umgesehen hatte.

„Vielleicht sind die in der Garage. Es ist ein elektrisch öffnendes Tor“, erklärte Polizeikommissar Nils Petersen. „Wie gehen wir vor?“

„Am besten …“ Lea brach ab, als sich das Garagentor plötzlich langsam öffnete.

Angespannt warteten die Polizeibeamten ab, bereit, die Flüchtigen jederzeit zu überwältigen.

Zuerst tauchte Josefine unter dem erst halb geöffneten Tor auf. Mit spitzen Fingern hielt sie die Pistole von sich weg. „Werner! Gott sei Dank!“

Theda folgte rasch.
„Alles in Ordnung!“, rief Lea den uniformierten Kollegen zu, die angesichts der Pistole zu den eigenen Waffen griffen.
Josefine übergab Lea die Waffe und sank dann in Werners Arme. „Toby ist im Auto und wartet auf dich“, sagte der Freund leise, ließ Josefine los und umarmte auch Theda kurz.
Franziska ließ sich auf Leas Geheiß widerstandslos von Bruns und Petersen festnehmen.
Josefine war zum Auto gelaufen, um ihren Hund tränenreich zu begrüßen. Niemand hätte sagen können, wer von beiden sich mehr über das Wiedersehen freute.
„Kurt von Rauhenberg ist noch im Haus“, informierte Theda die Polizisten.
„Ist er bewaffnet?“
„Sie hatten nur die eine Waffe bei. Ob er noch eine im Haus hat, das müsst ihr Franziska fragen.“
Franziska, die gerade zum Streifenwagen gebracht wurde, hatte das Gespräch mitbekommen und sagte: „Es ist keine Waffe im Haus.“
Dann warf sie noch einen Blick zum Fenster, hinter dem Kurt stand und die Szene beobachtete, und stieg in den Streifenwagen.
Inzwischen waren etliche Schaulustige näher gekommen. Natürlich hatten die Anwohner die Martinshörner gehört und kamen aus ihren Gärten und Wohnungen herbei.
„Gut, dass nicht Wochenende ist. Wären alle zu Hause, hätten wir jetzt einen Volksauflauf“, seufzte Petersen und machte sich daran, die Gaffer zu verscheuchen.
„Megafon?“, erkundigte sich Alida Bruns.
Lea nickte. „Er wird uns vermutlich nicht öffnen, wenn wir klingeln.“
Die Polizeihauptkommissarin holte das Megafon aus dem Streifenwagen und überreichte es der Kollegin. Doch noch bevor Lea sich überlegt hatte, wie ihre Ansprache lauten sollte, wurde die Haustür geöffnet und Kurt von Rauhenberg trat mit erhobenen Händen heraus.

Alida Bruns forderte einen weiteren Streifenwagen an und ließ die Fahndung beenden.

Während Lea ihm Handschellen anlegte, wandte sich Kurt beinahe flehend an Werner: „Ich habe Peter nicht ermordet! Das müssen Sie mir glauben!“

Der zweite Streifenwagen traf ein und Kurt wurde an dessen Besatzung übergeben.

„Warum sagen nur alle Verdächtigen dasselbe, und warum glaube ich ihnen nie?“, sinnierte Werner.

Lea lachte und antwortete: „Ein Problem, das wir wohl alle haben.“

Josefine und Theda waren mit Sir Toby herbeigekommen.

„Ich glaube ihm tatsächlich“, sagte Josefine. „Weder Franziska noch Kurt haben Peter auf dem Gewissen. Timo wurde von einem ihrer Komplizen niedergeschlagen und wer Grietje Muesinga ist, musste ich ihr erst erklären.“

„Bist du wirklich sicher?“ Werner schaute die Freundin zweifelnd an. „Sie hätten doch ein unglaublich gutes Motiv, sollte Peter von Rauhenberg das kleine Geheimnis seiner Ex und seines Cousins entdeckt haben. Ebenso verhält es sich mit Grietje Muesinga, sollte die ein Gespräch belauscht haben oder so.“

Auch Lea sah sehr enttäuscht aus.

„Ich bin sicher“, sagte Josefine bestimmt. „Und mir ist so, als wisse ich schon längst, wer der Mörder ist. Kennt ihr das? Ihr wisst, dass euch etwas Wichtiges aufgefallen ist, aber ihr könnt es einfach nicht erfassen?“

„Dann hoffe ich, dass es Ihnen noch einfällt“, seufzte Lea. „Ich bin derzeit mit meinem Latein am Ende und letztendlich bleibt da nur, alle irgendwie Beteiligten zu vernehmen und die bereits vorhandenen Zeugenprotokolle noch einmal durchzugehen. Da die Kollegin Hahn sich krankgemeldet hat, bleibt ganz schön viel Arbeit für mich.“

Josefine grinste süffisant. „Und ich hatte mich schon gewundert, wo Frau Hahn abgeblieben ist.“

Auch Werner musste grinsen, enthielt sich aber eines Kommentars.

„Kommen Sie, wir bringen Sie jetzt erst einmal nach Hause, damit Sie sich von Ihrem Abenteuer erholen können.“ Lea wies einladend auf den Dienstwagen.

Kapitel 19

Nele und Margot waren aus dem Krankenhaus zurück, als Josefine und Theda eintrafen.

„Wie geht es Timo?“, erkundigte sich Josefine sofort.

Beide Frauen lächelten und Nele antwortete: „Er wird wieder gesund ohne bleibende Schäden. An manches kann er sich noch nicht wieder erinnern, aber der Arzt hat uns versichert, dass das mit der Zeit wieder wird. Wir fahren später noch mal zu ihm. Er will unbedingt Oliver sehen.“

Der kleine Junge, der in seiner Spielecke in der Küche saß, krähte fröhlich, als er seinen Namen hörte.

„Und was ist mit euch? Ihr seht ziemlich geschafft aus.“ Margot musterte ihre Schwiegermutter argwöhnisch.

„Wenn Toby Wasser bekommt und wir eine Tasse Tee, dann erzählen wir euch alles. Wir hatten einen interessanten Vormittag.“

Da Sir Tobys Näpfe oben im Badezimmer standen, nahm Nele kurzerhand eine Schüssel aus einem Schrank, füllte sie mit Wasser und stellte sie vor den Mops, der auch gleich gierig soff.

„Wo sind Meike und Maria?“, erkundigte sich Theda, als Nele den Wasserkessel füllte.

„Ich habe Maria nach Hause geschickt. Sie war ja völlig fertig. Erst Peter, dann Grietje … Die beiden waren gute Freundinnen. Und meine Mutter ist mit meinem Vater zum Arzt gefahren. Er hat sich wohl verletzt. Angeblich nichts Schlimmes, aber er muss wohl mit ein paar Stichen genäht werden.“

„Ach herrje!“, rief Josefine aus.

Nele winkte ab. „Passiert ihm häufiger. Wenn er unter Zeitdruck steht, dann läuft er schon mal die Ecken rund. Aber jetzt erzählt endlich!“

Neles und Margots Augen wurden immer größer, als Theda und Josefine von ihren Erlebnissen berichteten. Zwischendurch servierte Nele den Tee.

„Sie haben Kurt und Franziska festgenommen?“, rief Margot aus, als alles erzählt war.

Josefine nickte. „Aber bestimmt können sie bald wieder gehen. Sie werden sich später vor Gericht verantworten müssen.“

„Ohne Knast kommen sie wohl nicht davon“, vermutete Margot. „Immerhin haben sie euch entführt.“

Theda nickte. „Franziska hätte uns früher laufen lassen sollen. Wir hätten nichts gesagt. Aber so hat’s die Polizei live miterlebt. Und da es sich hierbei um ein Offizialdelikt handelt …“

„Und sie haben sicher nichts mit Peters und Grietjes Tod zu tun?“

„Wenn sie nicht wahnsinnig gute Schauspieler sind, dann nicht.“

„Aber wer war es dann? Wen kenne ich, der so etwas Schreckliches tun könnte?“

Josefine rieb sich mit der Hand über die Stirn. „Mir ist so, als wüsste ich es längst. Da ist irgendein Hinweis, den ich zwar bemerkt habe, aber den ich jetzt übersehe.“

Nele nickte verständnisvoll. „Und je mehr du darüber nachdenkst, desto weniger kannst du danach greifen.“

„Genau so.“

„Mir hilft es in so einem Fall immer, wenn ich etwas esse“, bekannte Nele. „Ich schau mal in den Kühlschrank, ob wir noch etwas zum Abendessen hier haben.“

„Lass uns einfach Pizza bestellen, wenn Meike und Uwe wieder hier sind“, schlug Margot vor.

Nele war zum Kühlschrank gegangen und schaute hinein. Dann nickte sie. „Guter Vorschlag, Margot. Hier drin herrscht gähnende Leere. Normalerweise wäre Grietje heute einkaufen gegangen.“

Sie schloss den Kühlschrank und ging zu ihrem Sohn, wo sie sich neben ihn auf die Decke setzte.

Die drei Frauen am Tisch hörten sie leise weinen.

Sir Toby, der sich neben Josefines Stuhl zusammengerollt hatte, sprang auf, lief zur Küchentür und knurrte leise.

Josefine rief ihn zurück, als sie hörte, dass Meike und Uwe das Haus betraten.

Meike kam in die Küche, einen Stapel Pizzakartons vor sich hertragend. „Das ist ja gut, dass alle hier sind. Wir dachten, wir bringen einfach Pizza mit."

Margot grinste. „Wir hatten uns auch schon auf Pizza verständigt."

Uwe kam herein und grüßte in die Runde. Da er nur ein T-Shirt trug, sahen alle seinen bandagierten Unterarm.

Und mit einem Mal wusste Josefine, was sie die ganze Zeit übersehen hatte. Nur mit Mühe unterdrückte sie einen überraschten Ausruf.

Theda bemerkte die plötzliche Anspannung der Freundin und warf ihr einen fragenden Blick zu.

Doch Josefine schüttelte nur unmerklich den Kopf. Sie würde sich ruhig verhalten und so bald wie möglich Lea informieren.

„Was hast du denn angestellt?", erkundigte sich Margot und wies auf Uwes bandagierten Arm.

„So was passiert, wenn man zu hektisch ist." Uwe lachte verlegen. „Ich habe mich an einem Metallregal unseres Lagers geschnitten."

„Du solltest diese Billigdinger dringend mal gegen vernünftige Regale austauschen", riet Meike und verteilte Teller auf dem Tisch. „Die alten sind ja lebensgefährlich."

Nele hatte ihre Augen getrocknet und setzte nun Oliver in seinen Kinderstuhl.

„Was bekommt denn der Kleine zum Abendbrot?", erkundigte sich Meike bei ihrer Tochter.

„Da ist noch Möhrengemüse, das Grietje …"

„Setz dich, ich mache es eben warm." Meike schob Nele, der schon wieder die Tränen kamen, zu einem Stuhl hin.

Uwe hatte Platz genommen und öffnete die Pizzakartons. „Ich hab sie schneiden lassen, damit nicht noch ein Unfall passiert", witzelte er. „Bedient euch."

Während des Abendessens erfuhren auch die Eheleute Dreesen, was an diesem Tag alles geschehen war.

Uwe schüttelte fassungslos den Kopf. „Ihr seid euch wirklich sicher, dass die beiden Peter und Grietje nicht auf dem Gewissen haben? Ich meine, wer hätte sonst einen Grund, so etwas Schreckliches zu tun?“

„Und du hast doch sofort vermutet, dass es zumindest in Peters Fall zwei Täter geben muss“, fügte Meike hinzu. Ihre Hand, die das Pizzastück hielt, zitterte ein wenig.

„Dennoch sind sie es nicht gewesen“, antwortete Josefine nur und suchte Meikes Blick.

Die versuchte ein Lächeln, welches aber missglückte, und schaute dann rasch auf ihren Teller.

„Wie wird die Polizei nun weiter vorgehen?“ Auch Uwe schien unruhig zu sein.

„Nun, sie werden vermutlich sämtliche Familienangehörige noch einmal befragen. Außerdem sind da noch die Vernehmungsprotokolle der Angestellten und eventueller anderer Zeugen, die bestimmt noch nicht alle ausgewertet wurden.“

Uwe nickte nachdenklich.

„Wann wird Peters Leiche freigegeben werden?“, fragte nun Nele mit leiser Stimme. „Ich muss mich doch irgendwann um die Beerdigung kümmern.“

„Bestimmt in den nächsten Tagen“, antwortete Josefine. „Margot und ich können dich zum Bestatter begleiten. Immerhin kennen wir uns in der Branche aus.“

„Was ist überhaupt mit Grietje?“, wollte Margot wissen. „Hat sie Angehörige?“

Nele nickte. „Eine Tochter. Sie lebt in Hamburg. Maria hat mit ihr gesprochen. Inzwischen sollte sie in Emden eingetroffen sein.“

Nach dem Abendessen entschuldigten sich Meike und Uwe. „Wir ziehen uns jetzt schon zurück auf unser Zimmer. Diese Warterei beim Arzt ermüdet doch ungeheuer.“

„Ich gehe mit Toby nach oben, damit er auch sein Abendfutter bekommt“, verkündete Josefine, sobald die Dreesens den Raum verlassen hatten. „Und danach werde ich noch eine Runde mit ihm spazieren gehen.“

„Dann stelle ich noch rasch die Teller in die Spülmaschine und gehe dann auch nach oben“, sagte Nele. Dann schaute sie Margot und Josefine an. „Vielleicht können wir morgen das Beerdigungsinstitut aufsuchen?“

„Das machen wir“, versprach Margot.

Theda und Margot wollten Josefine auf dem Spaziergang begleiten und halfen Nele dabei, den Tisch abzuräumen.

So ging Josefine mit Sir Toby nach oben, um den Mops zu füttern. Gerade wollte sie die Tür ihres Zimmers öffnen, da vernahm sie zwar unterdrückte, aber dennoch aufgeregte Stimmen aus dem Raum, den Meike und Uwe zurzeit bewohnten.

„Nein! Auf gar keinen Fall!“ Das war eindeutig Meikes Stimme. „Es wäre doch alles umsonst gewesen, wenn wir das tun!“

„Sie werden zu uns kommen. Sobald ein wenig Gras über die Sache gewachsen ist, sagen wir ihr, wo wir sind. Und dann kommt sie zu uns.“

„Nein!“ Meikes Stimme war nun deutlich lauter.

„Psssst!“, machte Uwe. „Wenn du weiter so rumbrüllst, können wir auch gleich zur Polizei gehen. Josefine hat uns ohnehin schon so merkwürdig angesehen.“

Das war die Bestätigung, die Josefine noch gefehlt hatte. So leise wie möglich schlüpfte sie in ihr Zimmer. Rasch füllte sie Tobys Futter in die Schüssel. Während der Mops sein Abendfressen verschlang, überlegte sie kurz, Lea anzurufen, verwarf den Gedanken aber sofort wieder. Wenn sie Uwe und Meike problemlos hatte verstehen können, dann war das umgekehrt genauso. Und sie wollte sich nicht früher als nötig verraten. Eine Geiselnahme pro Tag reichte völlig aus.

Sie zog eine wärmere Jacke an, nahm Toby auf den Arm und verließ leise das Zimmer. Unten angekommen atmete sie auf und setzte den Mops wieder auf den Boden.

„Seid ihr so weit?“, rief sie in die Küche.

Nele kam, mit Oliver auf dem Arm, zuerst in den Flur. „Neben der Tür hängt der Schlüssel. Ihr müsst ja später wieder reinkommen.“ Dann wünschte sie eine gute Nacht und lief die Treppe hinauf.

Theda, Margot und Josefine verließen das Haus.

Nachdem sie ein paar Meter gegangen waren, übergab Josefine Margot Tobys Leine und nahm ihr Telefon zur Hand.

„Wen willst du anrufen?“, fragte Theda, die schon gespannt darauf wartete, zu erfahren, was Josefine vorhin hatte so nervös werden lassen.

„Lea Meinders. Ich will ihr sagen, wen sie festnehmen soll.“

Margot schaute ihre Schwiegermutter mit großen Augen an, Theda nickte nur. „Dachte ich's mir doch.“

„Frau Doktor Brenner!“, rief Lea überrascht, als Josefine sich meldete. „Ich hoffe, Sie stecken nicht wieder in der Klemme.“

„Nein, zurzeit nicht. Ich wollte Ihnen mitteilen, dass ich zu wissen glaube, wer Peter und Grietje umgebracht hat.“

Lea schwieg für einen Moment. Damit hatte sie nun nicht gerechnet. Doch sie fasste sich schnell wieder. „Na, dann schießen Sie mal los.“

„Uwe und Meike Dreesen.“

Es folgten überraschte Ausrufe von Lea und Margot. Theda schien offenbar ähnliche Schlüsse gezogen zu haben wie Josefine.

„Was führt Sie zu dieser Vermutung?“

„Das Blut an Deck der Yacht. Es war nicht Peters Blut. Folglich hat sich jemand dort verletzt. Die ganze Zeit habe ich darüber nachgedacht, was mir seltsam erschien. Es war Uwe Dreesens Kleidung. Wir hatten zwei Tage sozusagen Hochsommer und er trug ständig langärmlige, dunkle Hemden, die für diese Temperaturen eigentlich viel zu warm waren.

Heute war er angeblich beim Arzt und kam mit einem Verband um den Unterarm und in einem T-Shirt zurück."

„Aber hätte er mit dem Verband nicht schon viel früher tricksen können, wenn es so war?", wandte Lea ein.

„Wann hätte er die Verletzung vortäuschen sollen? Erst heute war er wieder in seinem Geschäft und behauptete später, er habe sich dort verletzt. Abgesehen davon habe ich eben ein Gespräch der Eheleute Dreesen mithören können. Für mich klang es so, als plane Uwe Dreesen die Flucht. Seine Frau sprach sich allerdings vehement dagegen aus."

„Aber welches Motiv sollten die Dreesens haben?"

„Nun, das müssen Sie sie schon selbst fragen."

Lea schwieg eine Weile, während sie darüber nachdachte, was sie nun unternehmen sollte. Dann fragte sie: „Wie schätzen Sie die Chancen ein, dass die Dreesens noch heute Nacht verschwinden? Solange wir nicht hundertprozentig sicher sein können, dass sie tatsächlich die Täter sind, möchte ich ungern einen Schnellschuss starten."

„Darauf lasse ich mich nicht ein", entgegnete Josefine. „Ich habe Ihnen alle Informationen gegeben, die ich habe. Sie müssen entscheiden, wie Sie nun vorgehen wollen."

„Natürlich, Sie haben recht. Vielen Dank erst mal."

Sie verabschiedeten sich und Josefine wandte sich wieder ihren Begleiterinnen zu.

„Wenn das wahr ist … die arme Nele", sagte Margot nur.

„Und, was hat Frau Meinders vor?"

„Sie denkt gerade darüber nach. Ich fürchte, sie hat Angst, die Falschen zu verhaften, und möchte morgen lieber noch eine Befragung der Dreesens durchführen."

„Na, hoffentlich sind sie dann noch hier", sagte Margot.

„Wenn ich das Gehörte richtig interpretiere, dann will Meike überhaupt nicht weg. Aber ich habe auch falschgelegen, was Kurts Rückkehr zum Lager betraf. Von daher will ich mir sicher nicht noch mal die Finger verbrennen."

„Wir sollten zurückgehen und aufpassen", schlug Margot vor.

„Nachtwache in der Küche?" Theda grinste. „Ich bin dabei."

Kapitel 20

Lea hatte noch an ihrem Schreibtisch gesessen, als Josefines Anruf sie erreichte. Nun starrte sie ratlos auf die Zeugenaussagen, die vor ihr lagen. Mehrere Kollegen hatten inzwischen Befragungen der Angestellten durchgeführt, jedoch hatte keiner Auffälligkeiten wahrgenommen, die sie in irgendeiner Weise zum Mörder führen würden. Wahrscheinlich war Josefines Hinweis der beste Tipp, den sie bisher bekommen hatte. Doch welches Motiv sollten die Dreesens haben?

Sie schaute auf ihre Armbanduhr. Es war bereits zu spät, um noch Informationen über Uwe Dreesens Geschäft einholen zu können. War der Laden pleite und die Dreesens hofften auf Hilfe von ihrer Tochter, sobald die genug Geld zur Verfügung hatte? Aber hätten sie in diesem Fall nicht einfach ihren Schwiegersohn bitten können? Nach allem, was Lea bisher über das erste Mordopfer erfahren hatte, war Peter von Rauhenberg ein sehr hilfsbereiter Mensch gewesen.

Was sollte sie tun?

Ein weiterer Blick auf die Armbanduhr. Es war gerade einmal neun. Vielleicht sollte sie Uwe und Meike doch jetzt noch einer Befragung unterziehen? Sie musste sie ja nicht gleich ins Kommissariat schleppen lassen.

Was würde Ingeborg Hahn an ihrer Stelle tun?

Lea musste grinsen, als ihr spontan die Antwort einfiel. Hahn würde die beiden ins Kommissariat schleppen lassen.

Aber täte sie das auch, wenn der Tipp von Josefine kam?

Kurz entschlossen griff Lea zum Telefon und wählte die Nummer ihrer Chefin.

„Ich bin im Krankenstand!“, blaffte Hahn sofort in den Hörer.

„Das ist mir bekannt, Frau Hahn. Aber ich benötige Ihren Rat.“ Rasch berichtete sie, was sie gerade von Josefine erfahren hatte. Dabei achtete sie darauf, den Namen Doktor Brenner mehrfach einfließen zu lassen.

„Die beiden haben doch gar kein Motiv“, sagte Hahn, als Lea ihren Bericht beendet hatte. Ihrem Tonfall nach zu urteilen, hatte sich ihre Laune jedoch erheblich gebessert.

„Das sind auch meine Bedenken“, gab Lea zu.

„Nun, dann sollten wir die Gelegenheit nutzen, die allwissende Frau Doktor Brenner mal so richtig zu blamieren. Wir treffen uns in einer halben Stunde vor dem Haus der von Rauhenbergs.“

„Aber Sie sind krankgeschrieben!“, protestierte Lea rasch. Diese Reaktion hatte sie nicht einkalkuliert.

„Papperlapapp. Bis gleich.“ Hahn hatte das Gespräch beendet.

Nun fühlte Lea sich richtig schlecht. Sie war einfach nur unsicher gewesen, was zu tun sei. Josefine in den Rücken zu fallen hatte sie wahrlich nicht beabsichtigt. Erneut griff sie zum Telefon und informierte die ehemalige Rechtsmedizinerin über das, was in einer halben Stunde geschehen würde.

Um Lea nicht in eine peinliche Situation zu bringen, tat Josefine überrascht, als sie die Haustür öffnete und nicht nur Lea, sondern auch Ingeborg Hahn gegenüberstand.

Durch die Türklingel aufgeschreckt, stand Uwe Dreesen oben an der Treppe und schaute in den Eingangsbereich hinunter.

„Herr Dreesen, wir müssten Sie und Ihre Frau dringend sprechen!“, rief Hahn hinauf.

„Was gibt es denn jetzt noch?“, entgegnete Uwe unwirsch.

„Das werden Sie ja dann gleich hören.“

Margot bat die Kriminalbeamtinnen ins Esszimmer. Josefine folgte ihnen.

Theda blieb mit Sir Toby in der Küche.

Wenig später traten auch Meike und Uwe ein, gefolgt von der völlig verschlafen aussehenden Nele. Offenbar hatte die Erschöpfung sie trotz der noch frühen Stunde einschlafen lassen.

„Soll ich nach Oliver sehen?“, bot Margot an.

Nele schüttelte den Kopf, gähnte kurz und hob dann die Hand, in der sie ein Babyphone hielt.

Als alle Platz genommen hatten, wandte sich Uwe Dreesen an Ingeborg Hahn: „Hätte das nicht bis morgen Zeit gehabt?“

„Ich weiß es nicht, Herr Dreesen. Hätte es? Jemand ließ uns wissen, dass Sie zwei Morde begangen haben und sich mit Fluchtgedanken tragen“, platzte Hahn ohne Umschweife heraus.

Alle am Tisch Sitzenden erstarrten; ihre Blicke richteten sich auf die Hauptkommissarin.

Hahn schaute erst Uwe, dann Josefine an.

Uwe hatte den Blick jedoch nicht bemerkt, er rang sichtlich um Fassung.

Auch Meike war schlagartig blass geworden. Ihre Hände fingen an zu zittern. Rasch zog sie sie vom Tisch in ihren Schoß.

Dann stieß Uwe ein gekünsteltes Lachen aus. „Wer erzählt denn so einen Mist?“

„Es war ein anonymer Hinweis!“, rief Lea schnell.

„Himmel! Das wird irgend so ein Feigling gewesen sein, der mir aus irgendeinem Grund eins auswischen will. Vermutlich Bruno oder Wiebke. Die können uns nicht leiden.“

„Nichtsdestotrotz sind wir gezwungen, jedem Hinweis nachzugehen“, sagte Hahn. „Darum hielt ich es für besser, Sie umgehend noch einmal zu befragen. Laut meiner Kollegin haben Sie noch kein Alibi für die Tatzeiten angegeben.“

„Was ja auch kaum möglich ist, da es für Peters Tod überhaupt keine genaue Zeitangabe gibt!“, brauste Uwe auf. „Und bezüglich Grietjes Tod hat uns überhaupt noch niemand vernommen. Es kann also noch gar kein Alibi geben!“

Langsam, aber sicher machte sich in Ingeborg Hahn der Verdacht breit, dass Josefine Brenner vielleicht recht gehabt haben könnte. So gerne sie diese Frau auch blamiert hätte, jetzt war ihr Ermittlerinstinkt erwacht. Das Bedürfnis, einen oder sogar zwei Mörder dingfest zu machen, war deutlich stärker als das nach einer eher fragwürdigen Rache.

„Darum sind wir ja jetzt hier“, entgegnete sie darum mit einer Ruhe, die zumindest Josefine ihr niemals zugetraut hätte. „Frau Muesinga starb in der Nacht zum Dienstag zwischen dreiundzwanzig und ein Uhr.“

„Na, da war ich im Bett, wie jeder normale Mensch. Meine Frau kann das bestätigen.“

„Nun ja, wenn Ihre Frau eine Mittäterin ist, dann ist ihre Aussage nicht viel wert, oder? Könnte noch jemand anders bezeugen, dass Sie um diese Zeit im Bett lagen?“

Uwe schaute seine Tochter hilfesuchend an.

Doch die antwortete verzweifelt: „Ich war doch gar nicht hier, Papa! Hat Maria dich vielleicht gesehen?“

„Ich denke nicht. Da müssten wir sie fragen.“

„Das werden wir dann selbstverständlich noch tun. Was für einen Wagen fahren Sie?“

„Einen SUV. Warum?“

„Nur so.“ Hahn schaute auf den Verband um Uwes Unterarm. „Sie haben sich verletzt?“

Uwe war sichtlich irritiert. „Was hat denn jetzt meine Verletzung mit meinem Auto und einem Mord zu tun?“

„Zwei Morde, Herr Dreesen, zwei Morde. Und was das eine mit dem anderen zu tun hat, muss Sie gar nicht interessieren. Beantworten Sie einfach meine Fragen.“

„Ja, ich habe mich verletzt“, antwortete Uwe mürrisch.

Josefine, die auf derselben Tischseite saß wie die Eheleute Dreesen, hatte bemerkt, dass Meike nach der Hand ihres Mannes gegriffen hatte. So wenig sie Ingeborg Hahn leiden konnte, so sehr gefiel ihr doch die Art des Verhörs. Wenn Meike in irgendeiner Form an den Morden beteiligt war, dann würde zumindest sie diesen ätzenden Fragen nicht mehr lange standhalten können. Und dass auch Uwe davon nicht unbeeindruckt war, merkte man deutlich an seiner immer aggressiver werdenden Haltung.

„Wann haben Sie sich verletzt und wobei?“, wollte Hahn wissen.

„Heute Nachmittag an einem Regal im Geschäft“, antwortete Nele mit schriller Stimme.

Hahn schaute Uwe fragend an und der nickte.

„Würden Sie mir diese Verletzung zeigen?“

Uwe schüttelte die Hand seiner Frau ab und sprang auf. „Sagen Sie mal, spinnen Sie jetzt? Warum sollte ich das tun?“

Hahn blieb weiter völlig entspannt. „Nun, wir haben eine Rechtsmedizinerin am Tisch sitzen, die mit Sicherheit in der Lage ist, zu unterscheiden, ob die Wunde von heute Nachmittag oder gar von Freitag ist. Es würde also nur Ihrer Entlastung dienen, sollten Sie die Wahrheit sagen.“

„Ich mache mich doch hier nicht zum Affen!“, brüllte Uwe.

Meike begann am ganzen Leib zu zittern.

Nele stand auf, ging zu ihrer Mutter und beugte sich zu ihr hinunter. „Beruhige dich, Mama. Es ist gleich vorbei.“ Sie legte Meike die Hände auf die Schultern.

„Ihre Entscheidung, Herr Dreesen. Dann komme ich morgen mit einem Beschluss wieder. Sehen werde ich Ihre Verletzung in jedem Fall. Und ich nehme an, auch morgen kann man noch erkennen, wie alt diese ist, richtig, Frau Doktor Brenner?“

Josefine schaute Hahn überrascht an, dann nickte sie. „Richtig, Frau Hauptkommissarin Hahn.“

„Nele hat recht! Es ist vorbei!“, schrie Meike plötzlich auf. Sie schlug die Hände vors Gesicht und fing haltlos an zu weinen.

Uwe Dreesen starrte seine Frau an, dann sackten seine Schultern nach unten. Seine Gesichtsfarbe wechselte in Sekundenschnelle von einem hektischen Rot zu einem krankhaften Grau. Er schwankte ein wenig.

„Setzen Sie sich, Herr Dreesen“, forderte Lea ihn auf.

Nele hatte die Hände von Meikes Schultern genommen und schaute ihren Vater fassungslos an. Auch sie wirkte, als würde sie gleich umfallen.

Josefine stand auf, legte ihr den Arm um die Schultern und führte sie ins Wohnzimmer, wo sie ihr half, sich auf das Sofa zu legen.

Margot lief in die Küche, um Wasser für Uwe und Nele zu holen. Dabei rannte sie beinahe Theda über den Haufen, die in der Wohnzimmertür stand und lauschte. „Was für eine Scheiße!“, zischte sie Margot zu.

„Da sagst du was.“

Josefine trat zu Theda. „Bitte hol Toby und setz dich mit ihm zu ihr. Er ist ein sehr guter Tröster.“

„Was mir noch fehlt, ist Ihr Motiv“, fuhr Hahn fort, nachdem Uwe von Margot mit Wasser und von Josefine mit Kreislauftropfen versorgt worden war. „Was hat Ihr Schwiegersohn so Schreckliches getan, dass Sie ihn umbrachten?“

„Er wollte uns unsere Tochter und unseren Enkel wegnehmen!“, brach es aus Meike heraus. „Das konnten wir doch nicht zulassen!“

Kapitel 21

In den folgenden Tagen blieb kaum Zeit zum Trauern. Die Leichen Peter von Rauhenbergs und Grietje Muesingas wurden freigegeben und die Beerdigungen mussten geplant werden.

Josefine und Margot mussten einen Einkaufsbummel durch Emden machen, um sich mit schwarzer Kleidung auszustatten, denn Sachen für eine Beerdigung hatten sie natürlich nicht eingepackt.

Nele war es ein dringendes Bedürfnis, Grietjes Tochter kennenzulernen und sie um Verzeihung für die schreckliche Tat ihrer Eltern zu bitten. Da Klarissa Muesinga eine alleinerziehende Mutter war, die über keine großen finanziellen Mittel verfügte, übernahm Nele die Kosten der Bestattung.

Timo wurde aus dem Krankenhaus entlassen und stimmte auf Neles und Margots Drängen hin zu, erst einmal bei Nele einzuziehen. Jedoch wollte Nele das Stadthaus baldmöglichst verkaufen, um dann gemeinsam mit Timo und Oliver auf Timos Bauernhof, wenn auch völlig anders als gedacht, einen Neuanfang zu wagen. Zu viele furchtbare Erinnerungen hatten sich in den letzten Tagen in diesem Haus angehäuft und bestimmt würde es für Oliver schöner sein, in ländlicher Umgebung aufzuwachsen.

Ein Termin beim Notar war zustande gekommen. Tatsächlich hatte Peter für Timos Erbe Testamentsvollstreckung bis zu dessen dreißigstem Lebensjahr verfügt und als Vollstreckerin Margot bestimmt. Die fühlte sich äußerst unwohl dabei, doch als Timo ihr aufmunternd zulächelte und Nele ihr ins Ohr flüsterte, dass sie doch so einen Grund habe, möglichst oft nach Emden zu kommen, ging es ihr sofort wieder besser.

Für seine Eltern hatte Peter schon in dem Jahr, als sie ihr Vermögen verloren, ein Konto eingerichtet, auf das regelmäßige Zahlungen geleistet worden waren. Somit hatte sich inzwischen eine beachtliche Summe angehäuft, mit der

Walter und Friederike bequem ihren Ruhestand genießen konnten. Peter hatte verfügt, dass die Eltern nicht zu diesem Termin geladen wurden, um Aufregung zu vermeiden. Darum wurde Margot gebeten, dem Vater schonend beizubringen, dass nun die Zeit für den Ruhestand gekommen war.

Bruno wurde die angenehme Aufgabe zuteil, den Verwandten, die noch Schulden bei Peter gehabt hatten, mitzuteilen, dass diese Schulden erlassen worden waren. Er atmete erleichtert auf, als er das vernahm, denn auch die Häuser seiner Kinder waren von Peter bezahlt worden und es wären noch etliche Jahre Raten zu zahlen gewesen.

Franziska war nicht zum Termin erschienen. Sobald man sie aus der Untersuchungshaft entlassen hatte, war sie zu Timo ins Krankenhaus geeilt und danach sofort nach München gefahren. Sie schämte sich zu sehr für das, was sie und Kurt getan hatten, um der Familie jetzt schon gegenübertreten zu können. So würde sie erst später erfahren, dass Peter auch ihr eine stattliche Summe hinterlassen hatte.

Die Beerdigung selbst war für alle noch einmal ein furchtbarer Tag. Der neue Besitzer der Firma Von Rauhenberg Im- und Export hatte sich als mitfühlender und großzügiger Mann erwiesen und sämtliche Angestellten für die Beerdigung freigestellt. Er selbst war ebenfalls gekommen und fand liebenswerte Worte des Beileids für Nele.

Nele ging es sehr schlecht. So viele Gefühle tobten in ihrem Inneren. Sie hatte gerade ihren Mann verloren, noch dazu durch die Hand ihrer Eltern. Sie müsste ihre Eltern hassen, doch sie konnte es einfach nicht. Fünfundzwanzig Jahre lang waren sie die besten Menschen auf dieser Welt gewesen. Niemals hätte sie sich vorstellen können, dass sie zu so etwas fähig sein könnten. Immer und immer wieder fragte sie sich, ob es vielleicht ihre Schuld gewesen war. Über ihre Freude, gemeinsam mit Peter noch einmal neu anzufangen, hatte sie Meike und Uwe völlig vergessen. Nicht eine Minute lang hatte sie darüber nachgedacht, wie die Eltern sich fühlen würden, wenn sie einfach fortginge. Und dann war da noch das schlechte Gewissen, denn sie ertappte sich häufiger dabei, dass ihr Herz vor Glück ein wenig schneller schlug, wenn sie Timo und Oliver zusammen sah und das Bild von der bevorstehenden gemeinsamen Zukunft sich in ihre Gedanken schlich.

Hin und wieder schaute sie heimlich zu den grauen Wolken hinauf, in steter Erwartung, vom Blitz getroffen zu werden.

Margot ahnte, wie die Schwägerin sich fühlte, und sie versicherte ihr, dass Peter gewollt hätte, dass sie und Oliver schnell wieder glücklich werden, und Josefine versuchte, der jungen Frau zu verdeutlichen, dass jeder selbst für seine Taten verantwortlich war. Doch bestimmt würde es einige Zeit dauern, bis Nele sich das selbst erlaubte.

Zwei Tage nach Peters Beisetzung verabschiedeten sich Josefine und Margot von Nele, Timo und Maria. Sie wollten noch ein paar Stunden in Holtland verbringen, bevor sie wieder nach Hause fuhren.

Theda war bereits nach der Beerdigung nach Pilsum zurückgekehrt, jedoch nicht ohne das Versprechen, Nele und Timo bald zu besuchen.

Der Abschied zwischen Nele und Margot war tränenreich. Sie waren in den vergangenen Tagen zu Freundinnen geworden.

„Komm bald wieder“, bat Nele.

Margot wischte die Tränen fort und grinste. „Dafür wird Josefine schon sorgen. Vermutlich wird sie mich jetzt jedes Mal mitschleppen, wenn sie nach Ostfriesland fährt.“

Mit großem Hallo wurden sie auf Brittas Hof empfangen.

„Tja, mit Grillen wird heute leider nix“, sagte Nico, Brittas Bruder, mit einem Blick zum Himmel. Es war wieder deutlich wärmer geworden, dabei aber sehr schwül und Gewitter drohten. Von fern war bereits Donnergrollen zu hören.

„Kommt rein, kommt rein!“, rief Britta. „Das Abendessen wird auch ohne Grill bestimmt hervorragend sein.“

Während Sir Toby und Brittas Australian Shepherds Sky und Cloud sich beschnüffelten, begrüßten Margot und Josefine die bereits in der Küche sitzenden Freunde. Martha war natürlich mit ihrer kleinen Tochter da, ebenso Nicos Freund Jens und die Schäfer Silke und Enno. Auch Brittas Adoptivtochter Sarah freute sich sehr, Josefine wiederzusehen.

Die Wiedersehensfreude wurde ein wenig gedämpft, als Nico Margot und Josefine kondolierte. Alle anderen schlossen sich an und für einen Moment herrschte Schweigen am langen Küchentisch.

„Aber ihr habt den Mörder gefasst, wenn ich richtig informiert bin", sagte Martha endlich.

Josefine nickte und warf dann einen Blick zu Sarah hin. „Ich würd's ja erzählen, aber …"

Sarah grinste frech und Britta winkte ab. „Wir haben es aufgegeben, irgendetwas vor ihr geheim zu halten. Wenn sie böse Träume hat, ist sie selbst schuld."

„Ich habe nie schlechte Träume", behauptete die Dreizehnjährige. „Ich helfe dabei, Mordfälle zu lösen." Sie beugte sich zu Josefine hin und flüsterte: „Außerdem sind die Thriller, die ich heimlich lese, viel gruseliger als das, was die so erzählen."

„Das habe ich gehört, Fräulein!", schimpfte Britta, allerdings mit einem amüsierten Unterton. „Aber vielleicht solltet ihr mit eurem Ermittlungsbericht warten, bis Steffen und Werner auch hier sind. Sonst müsst ihr alles zweimal erzählen."

Obwohl es noch viel zu früh für den Sonnenuntergang war, wurde es draußen richtig dunkel. Das Donnergrollen war näher gekommen und nun prasselten Regentropfen ans Fenster.

Silke schaute kurz hinaus und schlug Josefine dann vor: „Wenn sich das Wetter nicht bessert, solltet ihr bei uns übernachten und erst morgen früh fahren."

Josefine nickte. „Danke schön. Das ist eine gute Idee."

„Da kommen sie!", rief Martha, als in der Auffahrt Autoscheinwerfer zu sehen waren.

Britta lief zur Haustür, um sie für die Männer zu öffnen, damit die gleich ins Haus sprinten konnten.
Kurz darauf kam sie mit Werner und Steffen zurück. Auch die beiden Kommissare begrüßten Josefine und Margot und Steffen drückte sein Beileid aus.
„Setzt euch, wir können sofort essen“, sagte Nico und machte sich am Backofen zu schaffen. Er zog ein Backblech mit aufgebackenem Brot heraus, dessen Duft schon knurrende Mägen hervorgerufen hatte, sobald es im Ofen warm geworden war.
Britta und Sarah brachten Teller und Besteck zum Tisch. Beides wurde einfach weitergereicht.
Jens holte Schüsseln mit Salaten aus dem Kühlschrank und brachte sie zum Tisch.
Josefine und Margot betrachteten das rege Treiben um sie herum und mit einem Mal fiel die Anspannung der letzten Tage von ihnen ab. Hier, in der gemütlichen Küche, umringt von vielen lieben Menschen, konnte man sich einfach nur wohlfühlen.
Nach dem Essen zogen sie sich in das ebenso gemütliche Wohnzimmer zurück und endlich erzählten Josefine und Margot ihre furchtbare und traurige Geschichte.
Einiges hatten die Freunde bereits von Werner erfahren, den Lea natürlich auf dem Laufenden gehalten hatte, und so war ihnen auch schon bekannt gewesen, dass Neles Eltern die schrecklichen Taten begangen hatten, doch bisher waren allen die Motive ein Rätsel gewesen. Besonders der Mord an der Hauswirtschafterin Grietje Muesinga schien so gar keinen Sinn zu machen.
„Nachdem Meike Dreesen ihre Selbstbeherrschung völlig eingebüßt hatte, redete sie wie ein Wasserfall“, erzählte Josefine. „Beide hatten wohl mehrfach versucht, Peter von seinen Reiseplänen abzubringen. Meike sagte, sie habe ihn sogar auf Knien angefleht, doch er habe nur gesagt, dass sie ja hin und wieder nach Emden zurückkehren würden. An besagtem Freitag wollte sie einen letzten Versuch starten. Peter

war von der Firma aus zur Yacht gefahren, was Meike von seiner Sekretärin erfuhr."

„Warum ist denn keiner auf die Idee gekommen, die Sekretärin zu fragen, als man wie verrückt nach Peter suchte?", wollte Enno wissen.

„Es war der letzte Arbeitstag vor ihrem Urlaub. Als man Peter vermisste, war sie längst auf dem Weg zum Flughafen", erklärte Margot.

„Aber Meike hat sich nicht alleine mit Peter getroffen", vermutete Steffen.

„Nein. Sie informierte Uwe über ihr Vorhaben und der hatte sich schon im Vorfeld K.-o.-Tropfen und eine Flasche Whisky besorgt, da er nicht noch einmal mit ansehen wollte, wie seine Frau sich vor dem Schwiegersohn demütigte. Anschließend nahm Uwe Peters Auto mit und versteckte es in der Garage seines Geschäfts."

„Und? Wie haben sie es genau gemacht?" Sarahs Augen leuchteten vor lauter Aufregung.

Josefine schmunzelte und sagte dann: „Ich vermute, du hast genug Fantasie, um es dir selbst vorstellen zu können. Wir müssen das hier nicht ausführlich beschreiben."

Sarah zog einen Schmollmund und sah so enttäuscht aus, dass Josefine lachen musste.

„Weißt du was, zu deinem sechzehnten Geburtstag spendiere ich dir einen Besuch in der Rechtsmedizin, wenn du dann immer noch so sehr daran interessiert bist."

„Echt?!"

„Echt."

Sarah schaute Britta triumphierend an, doch die grinste nur. „Wir werden sehen, wie mutig du dann noch bist."

Auch Steffen grinste, kam dann aber zurück zum eigentlichen Gesprächsthema. „Trotzdem würde mich noch interessieren, welche Motivation sie hatten, Peter an die Ankerkette zu fesseln. Das muss doch ein recht schwieriges Unterfangen gewesen sein und die Gefahr, entdeckt zu werden, war doch bestimmt recht groß. Wenn ich mich recht erinnere, ist dort, wo die Yacht liegt, eigentlich immer was los. Der Wohnmobilparkplatz ist dort und es gehen jede Menge Leute am Ufer spazieren."

„Keiner von beiden brachte es fertig, Peter zu erstechen oder zu erschlagen. Sie beschlossen also, ihn ertrinken zu lassen. Außerdem hielten sie es für die beste Möglichkeit, seine Leiche erst einmal verschwinden zu lassen. Dass sie dabei keiner erwischt hat, war reines Glück. Um es mit Meikes Worten zu sagen: Wir sind ja keine Auftragsmörder, wir hatten dafür keinen Plan."

„Aber was war mit Grietje?", wollte Martha wissen. „Die wurde doch erschlagen, oder?"

„Meike und Uwe waren so dumm, sich in Olivers Zimmer darüber zu streiten, ob sie Peters Leiche doch noch woanders hinschaffen sollten. Da Maria und Nele nicht im Haus waren, hatte Grietje das Babyphone mit in die Küche genommen und so alles gehört. Ob sie wirklich wusste, was sie da gehört hat, kann wohl keiner mehr genau sagen. Auf jeden Fall erschien sie Uwe sehr nervös, als sie sich abends verabschiedete, und so beschloss er, sie zu Hause aufzusuchen und sie nach dem Grund ihrer Nervosität zu fragen. Wie dieser Besuch endete, wissen wir ja. Seine Panik war wohl groß genug, dass er Grietje mit einem Stein aus ihrem Vorgarten erschlug."

„Haltet mich für dumm, aber irgendwie kann ich das sogar nachvollziehen", sagte Martha leise. „Ich weiß ja, dass man Kinder ihre eigenen Wege gehen lassen muss, aber bestimmt tut es sehr weh, wenn man plötzlich erfährt, dass man den eigenen Enkel nicht aufwachsen sehen wird."

Sarah lief zu Steffen und Britta und quetschte sich zwischen beide auf das Sofa. „Also, ich verspreche euch hiermit hoch und heilig, dass ich nie länger als drei Wochen von hier weggehe. Dann müsst ihr meinen Mann auch nicht töten."

Die Hunde hoben verwundert die Köpfe, als alle in lautes Lachen ausbrachen.

Aus dem Unwetter des Vorabends war ein Gewittersturm geworden und so hatten Josefine und Margot Silkes Angebot angenommen und auf dem Janssen-Hof übernachtet.

Bevor sie an diesem Samstagmorgen den Heimweg antraten, hielten sie jedoch noch bei Britta. Nicht nur, um sich zu verabschieden, sondern auch, um noch Wolle einzukaufen.

Offensichtlich hatte Britta schon Kundschaft, denn ein Auto mit Emder Kennzeichen war vor dem Hofladen geparkt.

Das Wetter hatte sich wieder beruhigt. Zwar war der Himmel nicht ganz wolkenlos, doch die Sonne zeigte sich und es war angenehm warm.

„Das ist wirklich, wirklich schön hier", sagte Margot, als sie ausgestiegen war und den Blick über die angrenzende Weide schweifen ließ, wo Brittas Schafe mit ihren schon recht großen Lämmern grasten.

Sarah kam aus dem Haus gelaufen und begrüßte erst Sir Toby, dann Josefine und Margot überschwänglich. „Ihr wollt bestimmt Wolle kaufen", vermutete sie. „Ich passe so lange auf Sir Toby auf, wenn du magst."

Josefine bedankte sich erfreut, übergab Sarah Tobys Leine und ging zur Ladentür.

„Das gibt's ja nicht!", rief Josefine aus, als sie eintrat und Lea Meinders ihr entgegenlächelte.

„Werner hat mich wissen lassen, dass Sie heute Morgen noch hierherkommen. Und ich wollte mich doch gerne noch persönlich verabschieden."

Doch noch verblüffter war Josefine, als die Kundin, die die Wollstränge an der hinteren Wand des Ladens betrachtete, sich umdrehte. „Frau Hahn!"

Auf Ingeborg Hahns Gesicht zeigte sich so etwas wie ein Lächeln. Sie kam nach vorne und reichte erst Margot, dann Josefine die Hand. „Vermutlich werden wir in diesem Leben keine Freundinnen mehr, aber ich möchte Ihnen sagen, dass ich Sie respektiere. Das war gute Arbeit."

„Vielen Dank“, antwortete Josefine. „Das Kompliment gebe ich gerne zurück. Ihre Vernehmung der Dreesens hat mich sehr beeindruckt.“

Hahn wandte sich Britta zu. „Kommen Sie, junge Frau, und bringen Sie eine Tüte mit. Ich beabsichtige, einen etwas größeren Einkauf zu tätigen.“

„Sie macht Handarbeiten?“, flüsterte Josefine Lea zu.

„Sie hat wohl mal stricken gelernt. Und da habe ich ihr geraten, wieder damit anzufangen, so zur Entspannung.“

Josefine und Margot mussten sich zusammenreißen, um nicht zu lachen.

Bald hatten alle ihre Einkäufe getätigt und verließen mit prall gefüllten Tüten das Geschäft.

Werner und Martha waren inzwischen auch eingetroffen und so wurde es eine große Abschiedsrunde.

„Kommt bald wieder“, sagte Britta. „Und nächstes Mal mit dem Leichenwagen. Du weißt, ich hab noch eine Runde gut.“

Margot schaute sich noch einmal um, bevor sie ins Auto stieg. Sie atmete tief ein und sagte dann: „Mama, wir sollten definitiv noch einmal über das Ferienhaus sprechen.“

Ostfrieslandkrimi Empfehlungen des Klarant Verlages

„Mord in Greetsiel“

Taschenbuch ISBN: 978-3-95573-272-1
eBook ISBN: 978-3-95573-271-4

In Greetsiel geschieht ein Mord nach dem anderen: Erst eine Journalistin, die einer heißen Story auf der Spur war, dann mehrere Pharmavertreter, denen nach dem Mord brutal die Pulsadern aufgeschnitten werden. Treibt ein kranker Serienmörder sein Unwesen in Ostfriesland? Die zuständigen Kriminalbeamten geraten bei den Ermittlungen an ihre Grenzen, doch dann stößt eine Rechtsmedizinerin mit ihren unorthodoxen Ermittlungsmethoden auf den Fall und ermittelt auf eigene Faust. Natürlich missfällt dies dem Mörder – so sehr sogar, dass die tödliche Gefahr nun auch auf die Ermittlerin lauert ...

Leserstimmen zu „Mord in Greetsiel“

„Der Ostfriesenkrimi ist spannend von Anfang bis Ende! Einmal angefangen konnte ich es nicht mehr aus der Hand legen. Toller Lokalkolorit der Ostfriesen, mit Witz, Spannung und Mord. Die Autorin hat einen schnellen Spannungsbogen aufgebaut, der das Buch so lesenswert macht. Eigenwillige Ermittlerin, eigenwillig gut. Fesselnd geschrieben!“

„Ein lockerer Ostfrieslandkrimi für zwischendurch. Er überzeugt sowohl durch Charme als auch durch Spannung. Eine klare Leseempfehlung!“

„Ein wirklich wieder sehr gelungener Krimi aus der Feder dieser Autorin!“

„Mord in Wiesmoor“
Taschenbuch ISBN: 978-3-95573-336-0
eBook ISBN: 978-3-95573-337-7

In Wiesmoor wird die Mutter eines Landwirts tot aufgefunden erstickt, mitten auf dem Hof. Zufällig sind Josefine und Jessica gerade vor Ort, denn auf dem Bauernhof in Ostfriesland wollten die beiden ein gemütliches Strickwochenende verbringen. Jetzt, wo es eine Leiche gibt, ermittelt Josefine, die Rechtsmedizinerin im Ruhestand, kräftig mit. Mit ihren unorthodoxen Ermittlungsmethoden findet sie schnell heraus: Die Ermordete hatte sich im Leben nicht viele Freunde gemacht. Steckt die Leiterin des auf dem Hof stattfindenden Strickkurses Maria Fokken dahinter? Sie und die Tote hatten eine unschöne gemeinsame Vergangenheit ... Oder hat ihre Schwiegertochter Tomke die endlosen Beleidigungen einfach nicht mehr ertragen? Seit der Tat ist auch Tomkes Bruder verschwunden, auf der Suche nach ihm taucht eine weitere Leiche auf, und ausgerechnet Jessica gerät in tödliche Gefahr ...

Leserstimmen zu „Mord in Wiesmoor“

„Top Spannung und Unterhaltung, von mir gibt es dafür 5 Sterne!“

„Toll geschrieben, viel ostfriesische Mentalität, die Reihe könnte mir ans Herz wachsen. Daumen hoch!“

„Susanne Ptak hat eine so fesselnde Art zu schreiben, dass man um sich herum alles vergisst. Ich liebe diese Bücher und hoffe auf viele Fortsetzungen ... und ich fühle mich meinem geliebten Ostfriesland beim Lesen so nahe!“

„Mord in Leer“
Taschenbuch ISBN: 978-3-95573-449-7
eBook ISBN: 978-3-95573-450-3

Die fünfzehnjährige Marika wird ermordet aufgefunden – im Schwimmbad eines Hotels mitten im ostfriesischen Leer. Josefine und Jessica sind vor Ort, denn im selben Hotel sind sie zu einer Silberhochzeit eingeladen. Sofort nimmt Josefine, die Rechtsmedizinerin im Ruhestand, die Ermittlungen in die Hand und kommt gemeinsam mit der hiesigen Polizei der Sache auf die Spur. Das ermordete Mädchen hatte sich mit einem Blog über ihre Schule nicht nur Freunde gemacht. Kurz vor ihrem Tod schrieb sie über eine mutmaßliche Vergewaltigung... Unter Verdacht: Reitstallbesitzer Ihno Venema. Wollte er verhindern, dass die Wahrheit ans Licht kommt, und hat Marika deshalb zum Schweigen gebracht? Inmitten der Ermittlungen überschlagen sich die Ereignisse und zwei weitere Mädchen sind scheinbar spurlos verschwunden ...

Leserstimmen zu „Mord in Leer“
„Sehr schöner Kriminalfall. Mir hat das Buch sehr gut gefallen. Es konnte mich sofort in seinen Bann ziehen. Der Schreibstil gefällt mir außerordentlich gut.“

„Die Spannung ist von Anfang an präsent und das Buch endet mit einem fulminanten Finale.“

„Wieder mal ein tolles Buch, Spannung bis zum Ende, ganz großartig!“

„Mord in Pilsum“
Taschenbuch ISBN: 978-3-95573-540-1
eBook ISBN: 978-3-95573-539-5

Das ostfriesische Nordseedorf Pilsum wird von grausamen Morden erschüttert. Einmal mehr mittendrin: Dr. Josefine Brenner. Zurzeit hält sich die Rechtsmedizinerin im Ruhestand bei ihrer Freundin Theda in Pilsum auf, und gemeinsam finden sie die Leiche von Klara Schiller. Die Imkerin half ehrenamtlich Au-pair-Mädchen in Not, und in letzter Zeit verschwanden gleich mehrere Au-pairs spurlos ... Wenig später taucht eine zweite Leiche auf: ein hübsches chinesisches Au-pair. Beide getötete Frauen waren an Händen und Füßen gefesselt, an den Tatorten lagen rote Gladiolen. Viel deutet auf chinesische Triaden hin, aber organisiertes Verbrechen im tiefsten Ostfriesland? Josefine mag an diese Theorie nicht so richtig glauben. Wie immer ermittelt sie auf ihre eigene Art, und bringt sich dabei in tödliche Gefahr ...

Leserstimmen zu „Mord in Pilsum“
„Susanne Ptak ist es wieder gelungen, einen tollen Ostfrieslandkrimi rund um die Rechtsmedizinerin Josefine Brenner zu schaffen. Ich liebe die Geschichten einfach, kurzweiliger Lesestoff, bei dem man immer wieder was über Ostfriesland, die Menschen dort, und die Traditionen kennenlernt.“

„Fesselnd bis zum Schluss!“

„Wieder ein wunderbares Buch dieser Serie, dass ich nicht aus der Hand legen konnte. Vielen Dank für die gute Unterhaltung!“

„Mord in Ditzum“
Taschenbuch ISBN: 978-3-95573-662-0
eBook ISBN: 978-3-95573-661-3

Grauenhaftes erschüttert die sommerliche Idylle des ostfriesischen Fischerdorfs Ditzum. Am Ufer wird die Leiche einer Frau entdeckt – das blonde Haar verfärbt vom Blut. Theda Borchers ist sich sicher: Es handelt sich bei der Toten um ihre Nichte Famke aus Ditzum. Doch die ist offiziell vor zwölf Jahren als vierzehnjähriges Mädchen bei einem Unfall ums Leben gekommen ... Was ist damals wirklich geschehen? Das ganze Dorf scheint sich gegen die Ermittlungen zu sperren, düstere Geheimnisse liegen in der Luft, aber alle halten dicht. Verzweifelt bittet Theda ihre Freundin Dr. Josefine Brenner um Hilfe, und sofort macht sich die Rechtsmedizinerin im Ruhestand auf nach Ostfriesland. Mit ihren unorthodoxen Ermittlungsmethoden geht Josefine der Sache gemeinsam mit der hiesigen Polizei auf die Spur. Nach und nach fördern die Ermittler eine ganze Serie an Verbrechen zutage, als der Täter erneut zuschlägt ...

Leserstimmen zu „Mord in Ditzum“
„Für mich ist die Autorin die Krönung am Ostfrieslandkrimi-Himmel. Sie schreibt so authentisch, unterhaltsam, witzig, friesisch und spannend. Eine außergewöhnliche Kombination. Das Buch empfehle ich weiter und vergebe 5 volle Sterne!“

„Wie immer zieht einen die Geschichte in ihren Bann und man will die Geschichte in einem Schwupps auslesen! Meine Lieblingsreihe bei den Krimis!“

„Mord in Aurich“
Taschenbuch ISBN: 978-3-95573-710-8
eBook ISBN: 978-3-95573-714-6

Eine mysteriöse Todesserie hält die ostfriesische Stadt Aurich in Atem. Konrad Uhlig, Bewohner der exklusiven Seniorenresidenz ‚Heimathafen', stirbt unter ungeklärten Umständen. Wenig später wird Claudia Behrends, Krankenschwester des ‚Heimathafen', ermordet aufgefunden. Gibt es einen Zusammenhang zwischen den Todesfällen? Und welche Rolle spielt das gigantische Erbe von Konrad Uhlig? Besonders brisant: Der ‚Heimathafen' gehört der Familie des ermittelnden Kommissars Ralf Toben, und ausgerechnet sein Cousin, der Leiter der Residenz, gerät unter Verdacht ... Als die ostfriesische Polizei nicht weiterkommt, nimmt Dr. Josefine Brenner undercover die Ermittlungen auf: Gemeinsam mit ihrer Freundin Theda quartiert sich die Rechtsmedizinerin im Ruhestand in der Seniorenresidenz ein. Schon bald machen sie eine Entdeckung, grausame Details kommen ans Licht. Und immer mehr wird zur Gewissheit: Der Mörder ist ganz in der Nähe ...

Leserstimmen zu „Mord in Aurich“
„Auch in diesem Buch gelingt es der Autorin einen perfekten Spannungsbogen aufzubauen, sodass man das Buch nicht aus der Hand legen will.“

„Es macht Spaß von Dr. Josefine Brenner etwas Neues zu lesen, diese Bücher sind spannend und lustig zugleich. Ich hoffe, es gibt bald eine Fortsetzung!“

In der spannenden Ostfrieslandkrimi-Reihe „Ostfriesische Spinngruppe ermittelt“ von Susanne Ptak sind bisher folgende Krimis erschienen:

„Grünlandmord“ von Susanne Ptak, Band 1
eBook ISBN: 978-3-95573-105-2

Ländlicher Frieden kann trügerisch sein: Dies bekommt Britta zu spüren, als der Besitzer des örtlichen Pferdehofs ermordet wird. Als auch noch ihre Schere als Tatwaffe identifiziert wird und Britta unter Verdacht gerät, entwickelt sich der Mord zu einer persönlichen Angelegenheit. Da die örtliche Kripo in die falsche Richtung zu ermitteln droht, beschließt Britta, auf eigene Faust nachzuforschen, ohne zu ahnen, wie nahe sie dem Mörder bereits ist ...

„Hexenmord“ von Susanne Ptak, Band 2
eBook ISBN: 978-3-95573-096-3

Holtland, eine Dorfidylle in Ostfriesland. Und dann das: Eine Hexe zieht ins Dorf und wird kurz darauf ermordet. Viele der Bewohner werden verdächtigt, dunkle Geheimnisse tauchen auf, der Tratsch blüht. Der Mörder muss aus der Dorfgemeinschaft stammen, es gibt einen schrecklichen Verdacht ...

„Wiekenmord“ von Susanne Ptak, Band 3
eBook ISBN: 978-3-95573-122-9

Im ostfriesischen Leer geschieht wieder ein kaltblütiger, grausamer Mord und Britta ist dem Verbrechen gefährlich nahe. Sie ahnt die schrecklichen Zusammenhänge und ist plötzlich tief in die Ermittlungen verstrickt: Das Opfer hatte viele Feinde und ihr wird viel zu spät klar, dass der Mörder vor nichts mehr zurückschrecken wird ...

„Rosenmord“ von Susanne Ptak, Band 4
eBook ISBN: 978-3-95573-153-3

Von wegen Dorfidylle, im ostfriesischen Leer treibt ein Serienmörder sein Unwesen! Erst ein Lebensmittelkontrolleur, danach eine Veganerin und schließlich eine Reporterin. Und bei jeder der drei Leichen finden die Kommissare eine seltene, geheimnisvolle Rose, dunkelgelb mit orangen und roten Streifen. Gegen ihre Neugier kommt Britta nicht an: Sie macht eigene Nachforschungen und kommt dem Mörder dabei gefährlich nah ...

„Hebammenmord“ von Susanne Ptak, Band 5
eBook ISBN: 978-3-95573-210-3

Mitten in Ostfriesland wird die Leiche einer Frau gefunden, die auf mysteriöse Weise im eiskalten Wasser zu Tode kam. War es ein Unglück oder wurde sie ermordet? Ist die ehemalige Kollegin des Opfers wirklich eines natürlichen Todes gestorben? Ein Mordanschlag auf eine weitere Hebamme lässt die Vermutung zur Gewissheit werden - ein Mörder geht um. Die Zeit tickt gnadenlos, denn niemand weiß, ob noch weitere Menschen in Gefahr sind ...

„Feuermord“ von Susanne Ptak, Band 6
eBook ISBN: 978-3-95573-251-6

Ein Feuerteufel wütet in Ostfriesland. Nun brennt schon der dritte Hof innerhalb kürzester Zeit und dessen Besitzer Keno Groenewoldt wird tot aufgefunden – ohne Brand-verletzungen, sondern erschlagen! Werner und Steffen nehmen die Ermittlungen auf und die Liste der Verdächtigen wird immer länger. Ist Kenos Streit mit Biobauer Theo Kruse eskaliert? Oder steckt Uwe Jörgen, Vorsitzender eines obskuren Tierrechtler-Vereins, hinter dem Mord? Als die Ermittlungen ins Stocken geraten, entschließen sich Martha und Britta zu einem Undercover-Einsatz – und begeben sich dabei in große Gefahr ...

„Familienmord“ von Susanne Ptak, Band 7
eBook ISBN: 978-3-95573-353-7

Was für eine Horrornachricht trifft in Ostfriesland ein: Brittas Sandkastenfreundin Daniela ist tot - gestorben bei einem Reitunfall. Sofort machen sich Britta und Steffen auf nach North Yorkshire, England, wo Daniela geheiratet und eine Familie gegründet hatte. Auch Danielas Mann starb durch einen vermeintlichen Unfall ebenso wie der damals ermittelnde Polizeichef. Britta und Steffen stellen Nachforschungen an, denn an die Unfalltheorie glauben sie schon bald nicht mehr. Geht es um das Erbe der wohlhabenden englischen Adelsfamilie? Ist auch Danielas Tochter Sarah in Gefahr? Als mitten in der Nacht ein Viehtransporter mit englischem Kennzeichen vor Brittas Hof hält, weiten sich die Ereignisse auch auf Ostfriesland aus ...

„Hochzeitsmord“ von Susanne Ptak, Band 8
eBook ISBN: 978-3-95573-301-8

Die Freunde der ostfriesischen Spinngruppe sind in heller Vorfreude: Die Hochzeit von Martha und Hauptkommissar Werner Harms steht kurz bevor! Doch die Feierstimmung wird durch zwei grausame Morde getrübt. Erst eine tote Krankenschwester, brutal zugerichtet, mitten auf einem Friedhof in Leer. Und dann – am Tag der geplanten Hochzeit – der beliebte Pastor, der das Hochzeitspaar trauen sollte und den Martha schon seit vielen Jahren kennt. Was steckt hinter den Morden? Geht es um die Vertuschung von Medikamentendiebstahl in der Klinik, in der die getötete Krankenschwester gearbeitet hatte? Oder macht ein Serienmörder Ostfriesland unsicher? Schließlich überschlagen sich die Ereignisse, und ohne es zu ahnen, kommen Britta und die hochschwangere Martha dem Täter gefährlich nah ...

„Jägermord" von Susanne Ptak, Band 9
eBook ISBN: 978-3-95573-400-8

Der ostfriesische Psychiater Volker Bräuer kann seinen Augen kaum trauen: Ein abgetrennter Schweinekopf, mitten auf seinem Gartentor! Die beigefügte Drohung ist deutlich: „Du bist der Nächste". Doch wer will dem passionierten Jäger etwas anhaben? Kommt die Drohung aus der Jägerschaft, steckt einer seiner Patienten dahinter oder gar eine Tierschutzorganisation? Der unbeliebte Jäger nimmt die Sache nicht ernst, doch wenig später wird seine Frau Sina angeschossen. Die Ereignisse überschlagen sich, und Jens aus der ostfriesischen Spinngruppe ist als Nachbar der Bräuers gefährlich mittendrin ...

„Autorenmord" von Susanne Ptak, Band 10
eBook ISBN: 978-3-95573-510-4

Die Freunde der ostfriesischen Spinngruppe können es kaum fassen: Eine Leiche taucht auf, mitten im Stall von Britta und Steffen, mit durchgeschnittener Kehle! Bei dem Toten handelt es sich um Marco Gastmann, Krimiautor und Verleger aus Leer. Die eigenwillige Hauptkommissarin Maike Bloem leitet die Ermittlungen und hat ausgerechnet Brittas Bruder Nico im Visier – der erfolgreiche Neu-Autor hatte sich kurz vor Gastmanns Tod mit dem Verleger getroffen. Schnell wird jedoch klar: Nico selbst ist in Gefahr. Er erhält merkwürdige Mails und Drohbriefe eines „Fans", der auf ein persönliches Treffen drängt. Genau solche hatte auch Gastmann vor seiner Ermordung erhalten ... Viele Spuren führen in die ostfriesische Autorenszene, doch die Ermittler kommen nicht weiter. Und als ein zweiter Mord geschieht, wird der Fall noch rätselhafter ...

„Veganermord“ von Susanne Ptak, Band 11
eBook ISBN: 978-3-95573-630-9

Von wegen ländliche Idylle und ostfriesische Ruhe – es herrscht Aufruhr in Leer. Das Veterinäramt hat anonyme Hinweise und verunreinigte Lebensmittelproben bekommen und kontrolliert daraufhin die verschiedenen Selbstvermarkter in der Region. Schnell haben die Freundinnen der ostfriesischen Spinngruppe die „Veganerszene“ in Verdacht, aber noch bevor sie dem nachgehen können, wird Tanja Kuiper, die fanatische Frontfrau der Tierrechtler, ermordet. War es etwa einer der Landwirte, denen so übel mitgespielt wurde? Oder liegt das Motiv doch im privaten Bereich? Die Kommissare Werner und Steffen gehen vielen Hinweisen nach, denn es gibt genug Menschen, die ein Motiv gehabt hätten, Tanja zu ermorden. Bevor sie noch eine heiße Spur haben, geschieht ein zweiter Mord. Und wieder ist es eine Veganerin. Zunächst findet sich keine andere Verbindung zwischen den beiden Opfern als ihre Obsession. Hat der Mörder also eine Mission – Ausrottung der Veganer?

„Vollmondmord" von Susanne Ptak, Band 12
eBook ISBN: 978-3-95573-767-2

Ein Mord bei Vollmond versetzt Ostfriesland in Aufruhr. In Leer wird ein junger Mann brutal erstochen aufgefunden. Als die Identität des Toten klar ist, schrillen bei Kommissar Steffen Köster die Alarmglocken. Es handelt sich um Coord Gruisinga, vor Jahren wegen Mordes an seiner Freundin Sina verurteilt und erst vor wenigen Wochen aus der Haft entlassen. Der Fall muss komplett neu aufgerollt werden. Schreckliche Dinge sind damals geschehen, und Coords Schuld wird immer zweifelhafter. Wollte der wahre Täter Coord zum Schweigen bringen? Und was hat es mit dem Geld auf sich, das bei der Leiche gefunden wurde? Der Fall steckt voller Rätsel, und schon bald treibt eine zweite Leiche die ostfriesischen Kommissare aus der Vergangenheit in die Realität zurück ...

Alle Ostfrieslandkrimis von Susanne Ptak können unabhängig voneinander gelesen werden.

Klarant Verlag

Lernen Sie die Ostfrieslandkrimi-Titel des Klarant Verlages kennen und besuchen Sie uns im Internet unter:

www.ostfrieslandkrimi.de

und

www.klarant.de

Sie können dort Näheres über unsere Autoren erfahren, viele weitere interessante Bücher und eBooks finden und Leseproben herunterladen. Mit dem kostenlosen Newsletter erhalten Sie aktuelle Informationen rund um das Verlagsprogramm, wie beispielsweise spannende Neuerscheinungen und Gewinnspiele.